羽波唯里
「第二劍巫」Another Swords - Shaman
純真規矩的銀劍巫女

あいば
あさぎ
藍羽淺蔥
「電子女帝」Cyber Empress
華麗任性的電腦天才女高中生

麗迪安・蒂諦蕖
「戰車手」Tank Rider
與鋼鐵嬉戲的異稟女童
でぃでぃえ

姬柊雪菜
「劍巫」Swords - Shaman
獅子王機關的嬌柔監視者

曉古城
「第四真祖」The Fourth Primogenitor
世界最強的「怠惰」吸血鬼

Contents

噬血狂襲 12

STRIKE THE BLOOD

咎神騎士

三雲岳斗
illustration マニャ子

Kadokawa Fantastic Novels

序章

Intro

全金屬製的銀槍隨閃光穿出。

七式突擊降魔機槍——「雪霞狼」。

專為誅滅魔族而製造的獅子王機關的祕藏兵器。

能令魔力失效、斬開萬般結界的破魔靈槍會阻礙魔族過人的再生能力，使他們的肉體產生致命性瓦解。縱使是號稱不老不死的吸血鬼，被貫穿後也只有滅亡的份，哪怕是世界最強吸血鬼也一樣。

但是，被「雪霞狼」槍鋒指著的「第四真祖」曉古城卻在笑。

他在被銀槍狠狠貫穿的瞬間露出獠牙，凶暴地笑了——

衝擊猛烈撼動大地，巨響撕裂大氣。

人工島海岸彷彿遭到挖鑿，消失了一整塊。

鋼筋骨架散裂粉碎，樹脂材質的防波塊化作塵埃。

在洶湧波濤中短瞬浮現的，是擁有透明肉體的巨大水妖。上半身為美麗女性，下半身為巨蛇的水精靈（Undine）——那是第四真祖的眷獸。

「唔……！」

巫女打扮的年輕女孩咬著唇，在被摧毀得四分五裂的防波堤邊緣落腳。

她身上沒有受傷，只有巫女裝的衣袖及紅褲裙下襬裂開了一些。在受到眷獸攻擊波及前一刻，她就逃離爆炸中心點了。

然而，結果她失去了原本握在手裡的銀槍。

為了躲避第四真祖的反擊，她不得不放開長槍。

「曉……古城……！」

仍像披面紗一樣用薄絹遮著臉的她無意識地咕噥。

巨大水妖已經解除召喚，消失蹤影了，只留下人工大地上有如被啃過的壯觀傷痕。

大概是第四真祖的眷獸不分目標地發出攻擊，讓絃神島的沙灘瞬間被分解成原子所致。

脫逃時只要晚了一瞬，她應該就會落得相同的命運。

曉古城在窮途末路的情況下，靈機一動將她逼到了這種地步。

全靠利用不死肉體的同歸於盡式反擊——

「閑，妳搞出的場面可真了得。人工島管理公社那些人現在八成都在頭痛了。」

杵在原地的她腳邊忽然傳來了別人的聲音。

氣定神閒的灑脫口吻。

聲音的主人是隻貓，體型柔美的迷人黑貓。項圈上鑲著大顆貓眼石；炯炯發亮的金眼裡顯然具有知性光彩。

「……妳都看在眼裡嗎，緣堂緣？」

巫女打扮的少女低頭看著講話的黑貓，淡然問了一聲。

她口中的緣堂，是操縱黑貓的使術者姓名，可以從超過三百公里遠的日本本土操縱使役魔，能力打破常規的式神使用者。

「居然讓獅子王機關三聖之一的閑古詠嘗到下馬威，第四真祖小弟頗有一手不是嗎？」

會講話的黑貓口氣有些愉快地應聲。曉古城能撐過少女的攻擊，對式神使用者來說大概也是出乎意料。

不讓第四真祖曉古城離開「魔族特區」絃神島，這就是獅子王機關這次被交派的任務。插上破魔靈槍，讓曉古城的魔力失效，並藉著神格振動波的結界使他陷入假死。七式突擊降魔機槍也可以如此運用。但是——

「『寂靜破除者』，妳以為那個小弟在戰鬥方面是門外漢就小看他了嗎？倘若如此，可真是失態呢。」

面對黑貓調侃般的質疑，閑古詠曖昧地搖頭。

只有她可以操控，讓「理應不存在的時間」強行「介入」現實世界的特殊現象——「寂靜破除」。

那既非停止時間，也不是用超快的速度移動。然而，在理應不存在的時間當中，只有古詠能發動理應不存在的攻擊並留下結果。

換句話說，她擁有無從預測的絕對先制攻擊權——那就是「寂靜破除」的真面目，連偉大的吸血鬼真祖們也要戒懼獅子王機關三聖之首的能力。

曉古城想來並不可能在第一次見識「寂靜破除」就看穿其本質。

可是，他看見古詠舉起「雪霞狼」卻笑了。

七式突擊降魔機槍的魔力無效化能力對使槍的古詠本身也會造成影響。至少在啟動七式突擊降魔機槍的過程中，她無法使用「寂靜破除」的力量。

曉古城犧牲自己的右臂，接下了古詠那一槍。然後，他對召喚出的眷獸下了連自己一起攻擊的命令。即使擁有先下手為強的能力也無法讓對手的攻擊失效，同歸於盡是對付「寂靜破除」最為有效的唯一手段。曉古城並未經過盤算，而是靠直覺領會這一點才笑的。

為了避開他的眷獸，古詠只好放下「雪霞狼」逃走。

僅管曉古城負傷沉入海中，以結果而言古詠依然沒能攔住他。

雖說古城繼承了第四真祖的力量，獅子王機關的三聖還是眼睜睜讓區區一介高中生逃走了，即使被指為失態也沒有反駁的餘地。

「——那個小弟身為無力的人類，卻能在『焰光之宴』活下來，還獲得了第四真祖的力量，堪稱不折不扣的異類（Irregular）。和真祖的魔力或眷獸相比，這樣的事實才更加駭人聽聞。看他本人似乎倒沒有自覺就是了。」

黑貓頗有人味地聳肩嘆了氣。

閑古詠則從遭到摧毀的防波堤探頭看了腳下的海。

眷獸發出的衝擊餘波正在海面上捲起猛烈漩渦。不只身負重傷的曉古城，負責監視他的姬柊雪菜還有太史局的妃崎霧葉，應該都被吞進海中了。

「那麼，這表示將他交給姬柊雪菜是正確的呢。無論方法為何，以結果而言，她都勉強鎮住了妳口中的異類。」

「好說……接下來，妳打算怎麼做？」

「將姬柊雪菜帶回來。因為我們現在還不能失去她。」

古詠說著摘下了薄絹。

姑且不提身為吸血鬼的曉古城，不能就這樣放著雪菜和霧葉不管。和南宮那月交手過的她們本來就耗力甚鉅，又受到了動彈不得的重傷，出手的不是別人，正是古詠本身。古詠有義務在那兩人溺死前出手相救。

不過，準備朝海裡放出搜索用式神的古詠忽然被黑貓制止了。

「……閑，看來用不著救助人命了。」

黑貓用金眼瞪著遭摧毀的防波堤對岸。

有個高大的男子正站在外露的鋼筋前端。

一身純白西裝穿得瀟灑，而且相貌端正的異國青年。他望著古詠與黑貓，嘴邊浮現笑意，藏不盡的殺氣正從他全身流露出來。

再插手干涉曉古城，我就殺了妳們——青年眼裡道出此意。

與其看成單純的威嚇，倒不如說對方為求和古詠一戰正蠢蠢欲動——那名青年甚至給人如此的印象。

「『蛇夫』……」

古詠望著青年的眼睛，苦惱地發出嘆息。

要是讓曉古城離開絃神島，他會在日本本土引發致命性混亂。但是，那對於身為戰鬥狂的貴族青年來說，八成是求之不得的局面。

一如古詠想鎮住曉古城的理由，青年就是想將古城帶到島外。而且，古詠沒有攔阻的手段，因為她「不能」在這裡出手殺害那名俊美的貴族青年。

「……緣堂，聯絡外務部。立刻能出動的舞威媛應該還剩一名對不對？」

古詠語氣冷靜地問黑貓。假如無法阻止那名貴族青年前往日本本土，就得採取相應的對策。因為古詠身為獅子王機關的首腦，並不能放他們逍遙。

「若妳問的是我那不肖徒，她人正在高神之杜思過。」

黑貓的操縱者淡然回話。古詠安心似的點頭說：

「請將她召回。現在馬上。」

「小事一件。那麼，妳要她監視哪一邊？」

「……咦？」

黑貓意外的提問讓古詠微微蹙眉。

她順著黑貓的視線抬頭，並且訝異得瞠目。

有一艘裝甲飛行船飛在絃神島上空。

那艘船睥睨著地面，從蒼穹悠然橫越而過。船體為金屬硬殼所覆，顏色是冰河光彩般的粉藍色。安定翼上面刻有手持大劍的女武神——是北歐阿爾迪基亞皇室的徽章。

「怎麼會……他們為什麼會來……？」

古詠發現站在飛行船甲板上的嬌小身影，口裡發出驚呼。

身影的真面目是個穿著陌生白裝束的少年。

他全身上下都有華麗的黃金飾品點綴。

從少年肉體隨興散發出來的魔力，即使和地上的貴族青年相比也毫不遜色。原本連這座「魔族特區」都不應該存在這種等級的怪物。

彼此相隔數百公尺的少年與貴族青年互瞪對方，不過裝甲飛行船若無其事地飛過了洋上。飛行船前往的是絃神島北方，日本本土所在的方位。

等古詠再次將目光轉回地上時，貴族青年的身影已經不見了。理應沉在海底的曉古城等人氣息也都消失了。是貴族青年將他們帶走的。

「唉唷……什麼跟什麼嘛……」

留在現場的古詠緊握巫女服袖口，偷偷地嘀咕了一句。

雖然她頂著獅子王機關三聖的頭銜，年紀也才十八歲。面對有可能毀滅世界的大災厄，當然不可能從容。

我受夠了——頭痛的她如此喟嘆，黑貓則裝成沒聽見來應付。

包圍網就這樣被打破了。

留下的唯有破壞痕跡，第四真祖已離開「魔族特區」。

然而，那尚未揭開新風波的序章。

第一章 結凍的水面

On The Frozen Lake

1

「──哈啾！」

居高臨下坐望神繩湖水壩的深山神社。晨霧朦朧的神社境內響起了某個中年男子的豪邁噴嚏聲。

男子名叫曉牙城。

曬黑的肌膚；自信的臉龐；參差不齊的劉海彷彿用短刀隨便削過；下巴鬍渣醒目。儘管本業應該是考古學者，看上去倒像古早的黑手黨成員或是沒生意的私家偵探──他就是個氣質如此的男子。

「唔……好冷。本島的早上果然會冷，混帳。」

牙城中斷伏地挺身，用毛巾擦拭滿是汗水的身體。

他所在之處是陳舊的倉庫當中，蒼鬱繁茂的群樹深處。那是幾乎與神社正殿隔離開來的土造建築物。

地板鋪著榻榻米，還算舒適，但是窗口位置高，幾乎看不見外頭。電視或電腦之類的資訊裝置當然也都沒有。建築物的出入口設有牢固的鐵框，還上了好幾道複雜的鎖。所謂的牢舍就是指這種地方。

而且，牙城的腳踝還被套上了附鎖鍊的腳鐐。

簡言之，他遭到軟禁了。

來到這座神緒多神社的約一個星期間——牙城一步都沒有出過這座牢舍。

可是，他的表情卻泰然自若。

牙城盤腿坐在榻榻米上，口氣親密地叫了負責在外面看守的少女。

「喂～～唯里美眉，早餐還沒好嗎？」

「請、請不要叫我叫得那麼親暱！」

結果臉紅通通地進來倉庫裡的是個穿制服、看似高中生的少女。身高略矮於一百六十公分；髮型是具清純氣息的鮑伯中長髮；梳到旁邊的劉海用領結型髮夾夾著。

她揹在背後的，是全金屬製的銀色長劍。感覺一本正經的高中女生搭配粗野的短兵器，坦白講很難用相襯來形容。

被稱作唯里的那個少女隔著倉庫鐵框看向牙城，受驚似的屏息「噫」了一聲。

「為、為什麼你沒穿衣服！」

「啊～～這個嗎？鍛鍊身體是我每天的功課啦。」

上身赤裸的曉牙城帶著一身白茫茫的熱氣回答。

「妳想嘛，我年紀也大了，要是疏忽讓肚子長了肥肉就傷腦筋啦。被關在這麼狹窄的地方，運動量本來就不夠了。」

「就、就算要鍛鍊身體，你那副樣子……！」

唯里一邊遮眼睛一邊拚命反駁。對於從小就在住宿制女校長大的她來說，目睹男性活生生的裸體，幾乎是在懂事以來頭一遭。何況牙城的肉體與他自己說的正好相反，活像希臘雕刻一樣長滿了肌肉，要對唯里造成恐懼綽綽有餘。

可是，牙城卻不管唯里的心情，躺到榻榻米上面問：

「妳要不要一起來？如果有人能幫我做柔軟操就太感謝了。」

「柔、柔軟操……？」

「對對對。來，跟叔叔一起舒服一下吧。」

牙城怪里怪氣地招手，使得唯里繃著臉後退了。

唯里當然也明白柔軟操的重要性。畢竟鍛鍊過肌肉以後做舒展合情合理，她也曉得有的柔軟操要兩人一組才能做。

可是要幫曉牙城做柔軟操，自然就得碰他的身體，視情況可能還會有貼身接觸。碰了那個男人的肌肉再加上肌膚之親，難道這就是成人必經的階段？她是第一次陪男人做柔軟操，不知道對方會不會弄痛自己——當想著這些的唯里稍微心生怯意時……

「——呃，唔喔！」

「咚」的一聲，有一根金屬箭插進了躺著的曉牙城耳旁。要是射偏幾公分，他的左耳應該就連根斷掉了。

「別引誘唯里，你這禽獸！」

「志、志緒……？」

唯里一臉訝異地轉向自己背後。

用憎惡眼神對著牙城的是個手持銀色西洋弓的黑髮少女，個子與唯里幾乎一般高。或許是因為短髮的她只有將兩側留得稍長，給人好強的印象。

志緒是穿和唯里同款的制服。她從制服裙子底下抽出新的箭，打算再次瞄準牙城。

然而，牙城眼尖地發現了志緒擺在腳邊的用餐盤。

「喔，開飯了開飯了。」

「把、把衣服穿好！笨蛋！」

志緒看到赤裸上身的牙城逼近，慌得讓箭脫了手。

牙城則靠在鐵框上，挺身朝志緒問：

「對了，志緒美眉。」

「我、我沒有道理要被你用美眉稱呼。」

「那麼志緒，妳打算把我關在這裡多久？你們好歹是政府的特務機關吧？綁架監禁善良的一般市民行嗎？」

「這是為了保護市民的緊急措施，沒問題。還有你也不要直呼我的名字！」

「緊急措施啊……」

嗯──牙城從志緒手裡接下餐盤，並且將嘴歪到一邊。

餐盤上盛著罐頭什錦飯和醃的黃蘿蔔，再搭配蔬菜燉牛肉。以菜色來講很豐盛，但是搭配的內容顯然都是長期保存用的食品。

「再說，是緋沙乃大人指示要拘押牙城先生的。」

「我到現在還是難以置信，你是那一位的兒子吧？」

「嘖……又是那個老太婆嗎？」

聽了唯里和志緒辯解的牙城煩悶地咂嘴。

一個星期前，靠突襲將來到神緒多神社的牙城擊昏，然後把他關進這座牢舍的不是別人，正是他的親生母親緋沙乃。

在那之後，緋沙乃就不曾露面，牙城什麼消息都沒有得知。對於帶孫女返鄉的兒子來說，緋沙乃待他的方式應該可以說是糟糕透頂。

「一把年紀了還虐待自己的親兒子。她那樣會不得好死啦。所以說，那個老太婆現在人在哪裡？」

「你不必知道那些。另外，要吃飯或講話，選一件事情做！」

志緒瞪了嘴裡含著東西問問題的牙城，然後不高興地瞇眼。

不過，等牙城將端出的飯菜吃到告一段落以後──

「呼嗯。自衛隊出動啦？時候差不多了。」

他如此隨口斷言。聽了這句話的志緒等人頓時臉色發青。

「會跟獅子王機關相互配合，大概是習志野的特殊攻魔連隊，指揮的則是獅子王機關三聖等級的人物……目的在於神繩湖底的『黑殼（Avalon）』嗎？」

「曉牙城，你……為什麼會知道這些……？」

志緒端來的飯菜並不是在神社煮的，那屬於軍糧的一種，透過事先加工，好讓東西在簡單烹調後就可以食用的自衛隊制式裝備。

會領到那種軍糧，顯示志緒這些獅子王機關的相關人員已經沒空開伙。這代表作戰行動終於要正式開始了。

曉牙城從區區的用餐內容變化就精準地說中了局面。

這次獅子王機關和自衛隊配合出擊是極為機密的祕密企畫，連唯里她們倆都不曉得作戰開始的正確時日。唯里和志緒發現自己不小心外洩了那樣重要的情資，心裡都產生了動搖。

於是——

「你還是一樣擅使小聰明，牙城。到底是誰的遺傳呢……？」

「緋……」

「緋沙乃大人！」

從杵著不動的唯里和志緒背後出現了衣著酷似合氣道道袍的年邁女性。

或許是因為背脊挺直的關係，她看起來比實際身高更高。花白長髮在背後不經修飾地綁成了一束；僅管臉上有著與年齡相符的深深皺紋，她凜然的風範仍保留著年輕時美麗動人的濃厚色彩。

牙城抬頭看向那名年邁女性，嘔氣似的托著腮幫子。

「終於出來見人啦，蛇骨妖婆。」

「你叫誰妖怪？沒禮貌。」

緋沙乃的語氣像是在壓抑心中不耐。

唯里等人則屏息旁觀他們劍拔弩張的異常母子關係。

緋沙乃表面上的職務是管理神緒多神社眾巫女的巫司。以神職而言有其地位，但她並非唯里等人的直屬上司。

然而，緋沙乃過去曾以攻魔師身分多次協助鎮壓魔導災害，更在包含獅子王機關在內的眾多組織擔任過咒術教官。如今她仍有許多門生，是在職活躍中的國家攻魔官。換句話說，對唯里和志緒來說，她是地位相當於師祖的人物，原本就連開口搭話都會有顧忌，要這兩人別緊張才是強人所難。

「凪沙呢？」

牙城以具攻擊性的眼光對著緋沙乃問。

他被關進這座牢舍以後，就連一次也沒見到女兒曉凪沙，只透過唯里等人得到凪沙身體不適的些許情報而已。

「她當然沒事。身體狀況也終於有起色了。」

緋沙乃面不改色地告訴牙城。

這樣啊——牙城望著吃光的軍糧空罐，只靜靜地嘀咕了一句。

「……果然，你明知道黑殼的存在還帶凪沙過來。」

緋沙乃用責備般的目光看向兒子。

牙城則挑釁地抬頭對母親笑。

「只要能救她，我什麼都肯做。妳也一樣吧？」

間隔一段令人窒息的短瞬沉默以後，緋沙乃深深嘆息。

「牙城，你記得多少？」

「記得……？」

記得什麼——牙城蹙了眉頭。

緋沙乃冷冷看著他的反應，進一步質疑：

「你記得多少關於那對兄妹……古城和凪沙的事情？」

「唔……！」

緋沙乃語氣和緩，牙城的反應卻十分劇烈。

他讓軍糧罐頭掉在榻榻米上，痛苦似的當場倒下。

牙城的臉頰失去了血色，痛苦的呻吟聲從緊咬的牙關縫隙間冒出。宛如腦袋被攪拌的劇痛正在折磨他。

「你的記憶果然被『吞噬』了。因為『焰光之宴』——第四真祖復活帶來的後遺症。」

緋沙乃用同情般的語氣嘀咕。

曉牙城已經失去了關於自己小孩的大半記憶。目前的他，連自己喪失那些的原因也不曉得。古城和凪沙之所以沒有察覺這一點，是因為牙城在事前做了周全的準備，並且拚命靠演技撐到現在。

「老太婆……妳都知道些什麼！」

情緒畢露的牙城怒吼。

「緋沙乃大人……」

「太危險了！再這樣下去……」

唯里和志緒看不過去激動的牙城，同時叫了出來。

緋沙乃則瞄了她們一眼說：

「斐川志緒，由妳繼續監視這男人。在儀式結束前，視線千萬別離開他身上。羽波唯里，妳跟我一起來。」

「是……是的。」

唯里和志緒懾於緋沙乃的魄力，唯唯諾諾地點了頭。然而，她們兩人的眼裡卻在在顯露出困惑之色。

「妳是說……儀式？」

牙城一邊痛苦地呼吸一邊大叫。

他將手指伸到鐵框，拚了命想貼近緋沙乃。

「你們打算拿凪沙做什麼……！」

「和你想做的一樣，牙城。」

緋沙乃的語氣始終和緩。

嗓音好似平靜無波的她告訴牙城：

「這一次，絕對要徹底殺死奧蘿菈・弗洛雷斯緹納——」

2

曉凪沙將頭擱在浴缸邊緣，悠哉地發出嘆息。

神緒多神社巫女們居住的宿舍裡的大澡堂，石砌風格的天然溫泉。

因為是一大早，澡堂內沒其他人影。凪沙獨占廣闊的浴池，享受在早上泡澡。

「呼～～……好舒服～～……」

凪沙漂在清澈的水面，心滿意足地咕噥。

浴池的泉溫大約四十度，不會太燙也不會太溫的舒適溫度。據說這裡的泉水有治療肌肉、關節痠痛、病後養身及保養肌膚等功效。最重要的是，這是能讓消耗的靈力獲得療癒的優秀靈泉。

一個星期前，凪沙剛抵達神緒多神社就莫名其妙地失去了意識，然後便一直臥病在床。睽違四年利用寒假返鄉的旅程就這樣泡湯了。

祖母曉緋沙乃則對生病的凪沙下了命令，要她用這座溫泉療養身體。

簡單來說，似乎就是在時間允許的範圍內多泡澡，讓體力恢復。這正是凪沙像這樣從早上就泡在溫泉裡的理由。

儘管有種說法叫水土不服，實際上，凪沙的肉體與神緒多靈泉相當契合。

離開絃神島的巨大龍脈讓凪沙變成了失去力量的巫女，體力應當就在不自覺之間消耗掉了。借助這座靈泉的力量，凪沙才慢慢恢復過來。身體確切有起色的感覺使她心情開朗。

「溫泉果然很棒，要是雪菜她們也可以一起來就好了。古城哥也好讓人擔心，希望他有聽到人家在語音信箱留的話。」

凪沙想起留在絃神島的親哥哥和同學，開始自言自語了。或許是獨自住院的生活太長造成反作用，她有話特別多的毛病。

因為凪沙突然病倒，加上神社所在地收不到手機訊號，她這一個星期完全沒和古城聯絡。古城對凪沙一向保護過頭，現在肯定慌成了一團。

雖然凪沙趁著昨天晚上姑且先在古城的語音信箱將事情說明過了，可是也不確定他有沒有察覺到留言。希望古城不會因為焦急過頭就亂來——凪沙多擔了這份心。

「對喔，人家之前來這裡的時候，好像是跟古城哥一起洗澡的……」

凪沙想起彼此還是小學生時的事情，滿臉通紅地把頭沉到了水裡。以前她對石砌的浴池

莫名恐懼，才硬要古城陪著她。

事到如今兄妹倆實在不可能一起洗澡，不過凪沙對此也感到有些落寞。

不，也可以穿泳裝吧？凪沙開始認真考量。隨後——

喀啦喀啦砰磅。澡堂出現很大的聲響。

晚了一會，又傳來「呀啊」的無助尖叫聲。

「是、是誰！」

凪沙連忙探出水面回頭。

原本堆得像山的澡盆垮了，可以看見旁邊跌在地板上的人影。

那是個和凪沙年紀相仿的嬌小少女。她似乎在濕滑的石頭上滑倒，赤裸裸地摔了個四腳朝天。

「對、對不起。是我不好，對不起。」

唔唔——少女發出軟綿綿的咕噥聲，慢吞吞地起身，然後動手整理散亂的澡盆。看起來是個感覺乖巧懦弱的女孩。

雖然少女一副隨時會哭出來的表情，不過她似乎本來就是那樣的臉孔。

不知是不是天生的體質，她的髮色是白的，讓人聯想到可愛的北極狐毛色，白得聖潔。

可是吸引住凪沙目光的並非少女的頭髮，而是她赤裸的胸口。

「好、好大……」

凪沙一邊凝視少女的裸體一邊吞下口水。

從嬌小體型無法想像的豐滿雙峰正隨著少女的動作蹦來蹦去。無論形狀也好、份量也好、堅挺度也好，對凪沙來說簡直像理想成真的美乳。

白髮少女大概察覺到了凪沙的視線，怯生生地抬頭說：

「唔唔……獻、獻醜了。」

「不會不會，哪有那種事。」

您真是身材傲人——差點講出聲音的凪沙驚險地把話吞了回去。

把澡盆整理好的白髮少女沖洗過身體，客客氣氣地進了浴池。以神社的職員而言，她相當年輕。她和凪沙肯定是初次見面。

「請問妳是這間神社的人嗎？」

凪沙盡可能擺出親切的笑容問。

白髮少女有些慌張地搖頭說：

「不、不是的不是的。因為有一點事情，我現在才來這裡接受關照。」

「啊，這樣的話，妳跟我一樣耶。」

凪沙對少女有共鳴，和氣地露出了微笑。有許多訪客是為了祈福或驅逐附身的邪靈才會來神緒多神社，她大概也是類似的訪客之一。

「我、我叫作白奈。闇白奈。」

僅管語氣生硬，白髮少女仍對凪沙低頭行禮。凪沙也跟著回禮說：

「請多指教。呃，我叫——」

「我……我知道。妳是曉凪沙小姐，對不對？」

凪沙還沒有自我介紹，白奈就說出了她的底細。凪沙眨了眨眼睛問：

「是沒錯……不過，妳怎麼會曉得……？」

「我聽說緋沙乃大人的孫女有來。」

「這樣啊。原來妳認識我奶奶。」

「是的。」

白奈怯生生地點頭，視線則落在自己胸口。她豐滿的胸脯微微染上了櫻花色，浮在透明的水面上。深邃乳溝呈現的絕景，讓人聯想到冰河點綴下的優美峽灣。

一瞬間，凪沙渾然忘我地盯著那樣的景致——

「呃……不嫌棄的話，妳要摸摸看嗎？」

結果白奈紅著臉對凪沙挺出了自己的胸脯。

「咦？可以嗎！」

「對、對不起……總覺得妳好像很好奇，所以……」

白奈對困惑的凪沙開口。凪沙兩手的指尖頓時起了反應。

「對、對啊。其實妳說的沒錯……不過，真的可以嗎？」

「嗯。假如這樣能討妳開心。」

「那、那我不客氣了！」

凪沙趁白奈還沒變卦，摸了她的胸部。凪沙呵護般彎起了手掌，白奈的巨乳從掌心盈出。白奈的脣間微微吐露出聲音：「啊……」

「哇、哇喔，這種手感……！」

從未體驗過的觸感讓凪沙一舉興奮起來。緊貼的手掌傳來了沉甸甸且舒服的重量感。

「好軟……還有這鬆軟的彈性、恰到好處的手感……真是極品！」

「唔……嗚……」

白奈咬著嘴脣，忍受凪沙的蹂躪。她充滿羞恥的表情讓凪沙興致更高了。雖然揉著白奈胸部的手不自覺地變用力，更勝一籌的彈性卻將凪沙的手指擠了回來。幸福無比的觸感讓凪沙發出陶醉的嘆息。

「呼……好險……差點就揉到失神了……」

凪沙充分享受白奈的胸脯以後，依依不捨地放了手。

白奈滿臉通紅地低著頭問：

「妳、妳滿意了嗎……？」

「嗯。哎～……摸得好過癮喔。謝謝妳嘍。」

「這樣啊……」

白奈用泛著淚光的眼神回望凪沙，然後嘴邊露出了詭異的笑。白奈的右手無聲無息地伸了過來，並且悄悄地抓住凪沙的上臂。

「那麼，接下來換我嘍。」

「咦……！」

忽然被白奈拉過去的凪沙發出了傻呼嚕的驚呼聲。白奈將反射性想逃的凪沙從背後摟住，讓兩人的肌膚緊密接觸。

「呵呵……凪沙，妳的背好漂亮。」

「等、等一下，白奈……！」

「不管。只有妳能摸別人是不對的。」

噫——耳邊被吹了一口氣的凪沙全身僵住了，背脊竄上觸電般的感覺，手腳使不出力。

「可、可是，妳想嘛，人家是幼兒體型，胸部又不像妳那麼壯觀，肚子還因為早上吃太飽變得鼓鼓的……」

「不不不，還未綻開的花蕾亦有其風韻。妳該對自己有信心。」

像是在嘲弄拚命辯駁的凪沙，白奈格格地笑了。

強硬的語氣和方才怯懦的她判若兩人，感覺似乎連嗓音也變了。或許是講話老氣橫秋的關係，給人年齡不詳的印象。

「白、白奈……摸、摸那邊不太好吧……呀啊！」

「真不錯。宛如果實成熟前的鮮嫩，叫人心癢難忍。」

側腹一帶的敏感部位被白奈摸到，讓凪沙忍不住尖叫。她那純真的反應使白奈露出了嗜虐的表情。

白奈現在的人格顯然不同於之前的她。多重人格或靈體附身——雖然不清楚詳細的原理，但她的性格在某種因素下有了劇烈改變。說不定，現在的白奈才是她原本的人格。

總之，白奈劇烈的轉變讓凪沙無從抵抗地受到擺布。

「呵呵……真是值得玩弄的身軀。這裡感覺如何？」

「呀……白奈，不……不可以……」

「哦，反應很好。再來，再來。」

「唔！」

白奈輕輕地從凪沙的大腿內側往上撫摸。癱軟無力的凪沙幾乎已經意識朦朧，仰身浮在水面上。白奈則用舌頭遊走於她的頸根。白色頭髮彷彿有自己的意志，悄悄地纏繞住凪沙的肌膚。

「白奈，妳——！」

凪沙睜大眼睛看向對方。她的全身原本已經鬆弛了才對，現在又因為恐懼而變得緊繃。

凪沙看著的並非白奈本人，而是潛伏在她體內的異質靈體。

「不愧是緋沙乃的孫女，這麼輕易就看出了老身的本性。」

白奈佩服似的表示。儘管凪沙為了逃離她的束縛正拚命抵抗——

「用不著畏懼。老身似魔非魔，性質反倒與妳相近——『第十二號的奧蘿菈』。」

「不、不要……！」

不停抵抗的凪沙被白奈貼近朝眼睛一望。瞬時間，凪沙的意識飛出去了，流入腦海的龐大資訊使她腦裡變成一片空白。

「啊——」

凪沙力竭似的停止動作，陷入睡眠當中。澡堂裡只剩短而急促的淺淺呼吸聲迴盪著。

白奈低頭看著失神的凪沙，舔了舔自己的嘴唇。

她以單手抱起失去意識的凪沙。

接著白奈直接走出浴池。她用左手一劃，全新的白色裝束便從虛空冒出。白奈將那披到躺著的凪沙肩膀上，自己也穿上新的白裝束。

這就像信號似的，白奈眼裡原本發出的金色光彩消失了。

變回原本怯懦表情的白奈發現凪沙倒在眼前，不由得倒抽一口氣。

「對不起……對不起……」

她對著凪沙的睡臉輕輕細語，然後閉上眼睛。

闇白奈具備兩個意志，其中之一是橫跨數代傳承下來的闇之意志；另一個則是身為闇之力容器的她本身。

儘管決定力量用途的是闇之意志，實際操控力量的依舊是她——

她同樣逃不過闇之原罪。

對不起——白奈又一次細語，淚水從她的臉頰滑落。

她連自己在向誰請求寬恕也不明白。

3

在能將神繩湖一覽無遺的眺望台停車場上，有自衛隊的車輛集結於此。

雖然構成主體的是運用無人偵察機所需的管制車與機工隊卡車，但是輕裝甲機動車一類的偵察車輛還有裝備大口徑火器的輪式裝甲車都被帶來了。要制壓一兩座小型都市，這種規模的戰力已足以勝任。

他們隸屬於防衛大臣直轄的自衛隊「特殊攻魔連隊」——

專門對付魔導災害的攻擊性特殊部隊。

搭在停車場內的帳篷裡面正不眠不休地在分析無人偵察機收集到的觀測數據。或許是戒備態勢長時間持續的緣故，通訊員臉上倦色已濃。

即使如此，他們散發的緊張感並無中斷跡象。因為分析出的觀測數據已經掌握到神繩湖底的異樣物體。

帳篷內瀰漫的緊繃氣息讓羽波唯里的表情也跟著僵硬。

隸屬獅子王機關的唯里在這座帳篷裡是徹頭徹尾的外人，而且對身為實習劍巫的她來說，實際上這次事件是她頭一次上陣，這種情況下自然不可能保持平靜。唯里無所適從地杵在帳篷的一隅，只能咬著嘴脣。於是——

「鎮定下來，羽波唯里。妳身為專家還緊張，要如何是好？」

身穿道袍的曉緋沙乃和緩地告訴唯里，像是在為她打氣。

以往也在特殊降魔連隊擔任過實技教官的緋沙乃與唯里呈對比，相當適應這座帳篷的空氣。自衛隊的那些幹部似乎也對她信任有加。

即使如此，緋沙乃並不給人冷漠的印象，對於礙手礙腳的唯里也如此給予關心，不難明白身為攻魔師早就退居二線的她為何到現在還受到眾多人們的尊敬。

「對、對不起。我第一次參加這種任務，都不知道自己該怎麼辦——」

唯里生硬地垂下視線據實以告。儘管唯里明白自己有被害妄想，那些自衛官像在嫌她礙事的視線仍讓她感到害怕。

「所以說，我才要妳稍微放鬆力氣。若妳也是獅子王機關的劍巫，就別盲從道理，要信任自己的感官。妳就是因為靈視能力受到看重才會在這裡，不是嗎？」

「好、好的。」

緋沙乃的話讓唯里集中精神。

像唯里這樣的小女孩會待在指揮所，是因為她身為靈能者的敏銳感官受到期待。經由緋沙乃剛才的說明，那些自衛官應該也都能理解。感覺他們對於唯里抱持的戒心及排斥似乎也因此紓解了。

指揮所的氣氛改變以後，唯里總算取回冷靜，將意識放到眼底的神繩湖。在淡淡的朝霧籠罩之下，神繩湖水面呈現平靜無波的模樣。

找不出肉眼可見的異狀，優美而尋常無奇的觀光景點。

可是唯里身為靈媒的感官已經掌握到存在於湖底的大團濃密力量，感覺既不神聖也不凶猛，只是壓倒性異質的靈氣聚合體。

自衛隊的水中探查機也已經確認到那團物體的存在。如蜃景般搖曳著改變形體的那團物體就像貝殼的珍珠層，因此就被命名為黑殼。

被彷彿拒絕一切的黑色障蔽包圍，看不見內部模樣。

即使靠唯里的靈視也無法看透黑殼的底細。能體會到的，只有讓內心忐忑的不祥預感。

「——黑殼現狀如何？」

新走進帳篷的迷彩服男性口氣慌張地問了通訊員。

年紀恐怕在三十歲前後，外貌讓人想到獵犬的高大男性，部隊指揮官安座真三等特佐。

他似乎是在不到兩小時的短暫假寐以後又回到了指揮所。

安座真注意到待命中的緋沙乃與唯里，便簡短地對她們敬禮。即使看到唯里這樣的小女孩，他也不會露出輕視的態度，是個年輕但有為的指揮官。

「它正在進行活性化。殼內壓力在四十八小時內上升了百分之一點二五，表面的魔力濃度是基準值的七百七十四倍——已達危險區域。」

通訊席上的女性自衛官用了壓抑情緒般的語氣向安座真報告。

「好快。」安座真低聲咕噥。

「是的。」女性通訊員的聲音微微顫抖。「如果魔力照這種步調持續上昇，十天內就會對附近生態系造成嚴重影響。最糟的情況下，甚至可能危及市區——」

「要在演變成那樣以前收拾事態。對吧，曉老師？」

「是啊，當然了。」緋沙乃點頭回應搭話的安座真。「自古以來，每當蜂蛇露出覺醒徵兆，神緒多神社一律會將其鎮住。這次也不例外。」

「蜂蛇？」安座真蹙眉問：「沉睡在黑殼中的玩意就叫那名字？」

「古老文獻上有如此的記載。雖然是在神繩湖這座乏味的水池竣工前留下來的紀錄——上頭寫道：蜂蛇乃災厄之兆。」

「災厄嗎……」原來如此——安座真自信地微笑並看向緋沙乃說：「所以，神緒多神社就是為了鎮住災厄所設的寺社對吧？」

「要那樣想無妨。」

「表示阻止黑殼像這樣異常活性化的方式也有傳到妳手上？」

「獅子王機關應該就是明白這一點才會認同我參加作戰……對吧，白奈？」

緋沙乃頭也不回地忽然叫了別人的名字。

瞬時間，唯里背後的空氣幽幽搖曳。她忍不住驚呼：「咦！」

有個髮色純白的嬌小少女就站在那裡。雖說唯里還在實習，她身為獅子王機關的劍巫，並不該被人挨到這麼近還渾然不覺。

「應當如此才是。」

澄澈的嗓音——然而，白髮少女卻是用老嫗似的獨特語氣對緋沙乃開口。

「闇卿……」

安座真叫了少女。白奈晃著一頭白色秀髮，回首笑道：

「久久不見，安座真三佐。很慶幸看到你健壯如斯。」

「闇……這位是……三聖？」

唯里連忙放下立刻抽出的劍，全身緊張得僵硬。

闇白奈是獅子王機關三聖之一——獅子王機關的首腦兼日本最高水準的攻魔師。憑唯里這樣要是敢拔刀相向，就算被宰也怨不得人。

然而白奈看都不看唯里，自己盤腿坐到了旁邊的鋼管椅上面說：

「緋沙乃，神緒多之社傳下的祕儀由吾等來用。妳不會有怨言吧？畢竟，這原本就是妳的職責，而且這也是為了救妳的孫女。」

面對白奈挑釁般的話語，緋沙乃肅然點頭。

「其他三聖明白儀式的詳細內容嗎？」

「閑不知道。別看她那樣，那娃兒有潔癖，別讓她知道的好。」

白奈微笑著搖了搖頭，表情有如惡作劇穿幫的小孩。

「……老實說，我很意外。沒想到妳會採取這麼強硬的手段。」

緋沙乃認命似的嘆氣。她話中的弦外之音又讓唯里全身緊繃。

白奈準備執行的儀式恐怕是一場危險的賭注，危險程度足以讓獅子王機關的三聖出現歧見。但即使現在喊停，白奈八成也不會接受說服。緋沙乃明白這一點，臉上甚至有些放棄的味道。

「老身與妳的孫女稍微聊過一會。」

白奈則溫柔地向緋沙乃搭話，口吻好似在哄年紀小的女孩。

「她是個不怕生的孩子呢，讓人想起了年輕時的妳。吾等初次見面時，妳的年紀正好與那丫頭差不多。」

「白奈……妳……」

緋沙乃的表情莫名煎熬，白奈則目中無人地對她笑了出來。

「抱歉，老身與其他三聖不同，行動並非為了政府，若要排除『聖殲』的威脅，會不擇手段。」

「『聖殲』的威脅……妳是指弒神兵器嗎……？」

緋沙乃的目光越發銳利。接著她像是忽然想到一樣，轉身面對唯里。

「妳怎麼想，羽波唯里？」

「咦！問……問我嗎……？」

忽然拋來的話題讓唯里慌了。她身為實習劍巫，就算被問到最高級機密情報「聖殲」的相關事情，也不可能出得了意見。基本上，唯里連黑殼的真面目以及這次作戰的具體內容都不知情。

「呃……不過我在想，用威脅來稱呼會不會不太正確……」

被逼急的唯里十分驚慌，幾乎是自暴自棄地把感覺到的想法直接說出口。緋沙乃微微地動了眉毛。

「妳說不太正確，是什麼意思？」

「呃……換句話說，我覺得黑殼本身並不是災厄，它只是沉睡著而已。應該說，它是在保護某種東西……呃……所以……」

唯里結結巴巴說明的聲音越來越小。

這段發言本來就沒有確切根據。坦白講，唯里對於自己為什麼會有如此感受也很難說是有自知。

可是，緋沙乃並不打算責備唯里。她盯著唯里的眼睛，思索著什麼似的沉默了一會，然後又說：

「白奈……妳能不能帶這女孩去，由她代替我？」

哦——白奈聽了緋沙乃的話，看似愉快地發出嘀咕。緋沙乃指名由唯里這種不成氣候的劍巫代替自己，似乎讓她感到意外。

「有意思。老身無所謂。」

「咦？由我代替緋沙乃大人……咦！」

結果大為動搖的是唯里。即使對具體的作戰內容不知情，她還是很了解這次儀式的重要性，何況據說這關係到緋沙乃的孫女性命。

在這種狀況下，唯里實在不覺得自己能代替身為傳說級攻魔師的緋沙乃。然而，白奈對唯里的困惑自然是不屑一顧。

「那就開始吧。準備妥當了嗎，安座真三佐？」

穿著純白巫女服的白奈單方面宣言。瞬時間，自衛隊的帳篷裡冒出像是被剃刀掃過一樣的緊張感。緋沙乃默默垂下視線，唯里則緊張地握緊雙手。

開始吧——白奈再次重複。

來舉行用於弒殺曾為第四真祖之物的儀式——她這麼說了。

4

曉凪沙浮在水中，放眼望去皆為透明牢籠。周圍碧藍澄澈彷若深邃天空，搖曳的光帶如雨一般從頭上的水面靜靜漂落。

既不令人窒息也不會冷，有如漂浮在柔軟寶石裡的奇妙感覺。

「這裡……是哪裡？」

緩緩將視線轉向四周的凪沙嘀咕。解開的長髮像熱帶魚尾鰭追隨著她的動作。而且，凪沙沒有任何別的東西能遮掩身體，從水面照下來的淡淡光芒在凪沙的潔白肌膚上描繪出波浪般的幾何圖案。

「咦！我怎麼光溜溜的？對喔，我記得自己是在神社的澡堂——」

該不會是作夢吧？這麼想的凪沙摸了摸自己的臉頰。用不著擔心呼吸及體溫，還能潛在水裡，這種狀況當然不可能是現實。

然而，凪沙卻可以篤定這不是夢。

眼裡所見的景色太過細緻，充滿光靠想像無法補足的真實感。凪沙本身的意識也清醒明瞭，其實她覺得自己的感官反而比醒著時更敏銳的樣子。

凪沙憑著敏銳的感覺捕捉到水裡有人在蕩漾間靠了過來。白髮少女的嬌小身軀正從背後扶著凪沙。

「妳……醒了嗎，凪沙？」

「白奈！」

凪沙聽到闇白奈呼喚，便轉身朝向聲音傳來的方向。瞬時間，凪沙差點失去平衡往下沉，白奈則迅速地拉住她的手臂。

「會不會冷？」

「啊，還好。」

我倒覺得很舒服——凪沙背後可以感覺到白奈肌膚的溫暖，險些脫口而出的這句話被她收了回去。凪沙不曉得現在的狀況是不是現實，不過，她在白奈身上摸到的柔軟彈性和她們最初見面時一模一樣。

「呃，這裡是？」凪沙問。

「這裡是神繩湖。因為靈體在水裡還是比較穩定。」

「湖裡……？」

「我只切離了妳的意識。這類似於……幽體脫離。」

「咦？幽體脫離？」

白奈的說明嚇到凪沙，讓她低頭看了自己隱約呈現透明的身體。

凪沙實在沒有自己變成幽靈的感覺，不過聽對方一說完全可以接受。既然是靈體，當然不會覺得水裡冷或者難以呼吸。

「這表示白奈妳現在也是生靈嗎？我們真正的身體在哪裡？」

「目前是在……神繩湖的祭壇。」

「祭壇？」

凪沙將意識轉往頭頂。雖然距離遠得並不能直接看見，或許是幽體脫離帶來的恩惠，她立刻就感受到祭壇的存在了。

在波光搖曳的水面有一座類似神樂舞殿的小小祭壇漂浮其上。

那是將小船連在一起做出來的簡便式木造祭壇。

祭壇上，有個手持銀色長劍穿制服的少女——

在她的守護下，被換上巫女裝束的凪沙就躺在祭壇上。

凪沙對自己的身影很熟悉。只不過，唯有髮色和平時的她不同，時時刻刻隨光線強弱改換色澤的金髮，翻騰如火的七彩髮絲。

「不對……那個女生……不是我……」

「沒錯。她是過去的第四真祖，奧蘿菈·弗洛雷斯緹納……第十二號奧蘿菈。妳應該比我更熟悉她的事就是了。」

白奈的細語成了開端，有東西開始流入凪沙的意識，龐大的資訊洪流讓凪沙的靈體大喊吃不消。然而，同時也可以感覺到過去捆住心靈的鎖鍊正逐漸被扯開，遭到封印的記憶復甦了，封存在黑暗中的景色開始變得鮮明。

黑色翅膀、眾眷獸、吸血災禍、「焰光之宴」與「原初」的奧蘿菈——那些是她應該已經自己消除掉的恐怖記憶。

沉睡在凪沙體內的少女，第十二號奧蘿菈的記憶——

「你們想利用那個女生做什麼……？」

凪沙一邊受到湧上來的片段記憶擺弄，一邊抬頭問白奈。

白奈帶著快哭出來的表情緩緩指向湖底。

凪沙順著她指的方向看去，內心受了動搖而目光閃爍。來路不明的恐懼感湧上，帶來了寒意。彷彿遭到掩埋而沉在湖底的，是類似卷螺的黑色多面體。

它的表面像黑珍珠，跟蜃景一樣不規則地搖曳著。兼具生物與人工物特徵的奇異物體——和陸地上的任何物質都不相像。

「那是……什麼……？」

「用來將沉睡在神緒多這塊土地的災厄封印住的結界。自衛隊的人稱它為黑殼。」

凪沙畏懼似的低聲發問，白奈則喃喃為她說明。

「那是……結界？」

「不要緊……因為有許多人正採取行動要鎮住它，獅子王機關的攻魔師和自衛隊的特殊部隊都集結在此。這是緋沙乃大人做的安排。」

「奶奶……？」

「因為神緒多神社原本的職責……就是看守並鎮住沉睡的災厄。」

「妳說要鎮住它……」

凪沙又將視線轉向湖底的黑色團塊。不規則地搖晃著的外殼看來也像將內含的強大魔力封鎖住的薄膜。內部壓力是不是遲早會到達極限，讓它像紙氣球一樣爆開呢——看了以後不得不這麼擔憂。

那種東西要怎麼鎮住？凪沙懷有如此的疑問。

「用靈力出色的巫女當祭品，強化黑殼的封印……這就是神緒多神社的神職者被交付的職責。最後一次執行儀式已經是超過七十年前的事了。」

「祭品……」

白奈淡然的答覆讓凪沙出現過度強烈的反應。

一瞬間，凪沙腦裡浮現的是在異國遺跡中冰封沉睡的少女身影。果然她也是為了鎮住「災厄」才會被當成祭品封印。

凪沙受到自己也無法控制的怒氣影響，激動得嘴唇發抖，瞪著白奈問：

「難道妳是指活人獻祭？要犧牲活生生的人……？」

「我的意思是那種事情在以往也有發生過，為了辟災除厄而讓純淨的處女沉入湖底——同樣的儀式從古至今在世界各地都有人進行。」

面對凪沙逼問般的質疑，白奈軟弱地辯駁。

「可是，這次的儀式不一樣，當祭品的不是人而是魔族。而且，她早就死了……凪沙，她只是靠妳的力量才會讓意識留在人世。」

「白奈，照妳這麼說……難道是要用那個女生……！」

凪沙心懷絕望地看向頭頂。

為什麼自己的身體會躺在祭壇？還有，為什麼自己的靈體會被人以幽體脫離的形式和肉身切離——凪沙理解箇中道理了。

白奈等人的目標是沉睡在凪沙體內的奧蘿菈之魂。

湖上搭建的祭壇恐怕是用來將祭品的靈體抽出，好獻給湖底的黑殼。然而透過白奈的能力，凪沙的靈體已經暫時切離肉身，用來獻祭的是留在凪沙體內的另一個靈體——亦即奧蘿菈的靈魂而已。

「被分裂成十二匹的第四真祖眷獸——為了封印其中一匹才創造出來的人造吸血鬼，那就是奧蘿菈．弗洛雷斯緹納的真面目。要鎮住災厄，沒有人會比她更適任。妳應該也明白這一點，凪沙。」

像是為了佐證凪沙的直覺，白奈如此回答。

在某種意義上，那是精心策劃過的戰略。

從外部供應靈力，加強正在活性化的黑殼封印。

靈力來源就是獻祭，用生命當祭品。於是白奈等人看上了奧蘿菈。

把身為死者的奧蘿菈之魂充作祭品。

以結果而言，表面上並不會出現任何死者就能執行獻祭的儀式。

而且，奧蘿菈原本就是造來封印第四真祖靈魂的吸血鬼。

儘管她早就失去肉體，但她的靈體至今仍保有超乎尋常的魔力。假如目的在於供給魔力以強化黑殼，她確實是最佳的祭品才對。

還有，只要奧蘿菈的靈魂消滅，凪沙提供肉體讓她依附的職責也會跟著結束。

緋沙乃明白這一點，所以她才會協助這項冷酷的計畫，為了拯救她的孫女凪沙免於因過度使用靈力而造成肉體衰弱。可是——

「不可以，白奈。那樣不可以……！」

凪沙張開雙臂，像是要保護睡在祭壇的奧蘿菈。

但目前凪沙能做的僅只如此。即使她想回自己的身體裡妨礙儀式進行，從白奈頭髮伸出的純白靈絲還是會將凪沙的靈體拴在水中，不放她離開。那些靈絲應該就是讓白奈自由操縱他人靈體的能力觸媒。

「拜託妳，凪沙，聽大家的話。現在已經太晚了。因為要是隨便靠近……連妳的靈魂也會受儀式波及。」

從白奈頭髮伸出的靈絲數量變多，並且逐漸將凪沙的靈體綁住。

湖上的祭壇已經開始獻祭的儀式了。無數的巨大魔法陣滿布於水面，宛如巨木般聚集成束的靈絲正朝湖底的黑殼伸去。

他們打算透過那些靈絲將奧蘿菈的魔力獻給黑殼。

「讓『焰光夜伯(Kaleido Blood)』附在體內度過好幾年，原本就太過魯莽。因為無論妳是多優秀的巫女……再這樣下去只會消耗自己的壽命。」

「不是的，白奈！並不是那樣！」

焦急得臉皺在一起的凪沙大喊。因為白奈等人還沒察覺到。

凪沙是遺傳祖母靈力的出色巫女，同時也是繼承了母親素質的先天型接觸感應能力者(Psychometrer)。

所以，只有她能探究一切。凪沙發現了連白奈在內的所有攻魔師都沒察覺的真相；還有被他們稱為「黑殼」之物的真面目——

「那才不是封印。負責監視的，是那孩子才對。你們不可以把她叫醒！」

「凪沙……？妳在說什麼……？」

白奈第一次顯露出困惑的反應。可是，為時已晚。

從祭壇伸出的靈樹枝幹已經抵達黑殼，搏動中的黑殼正打算吸取奧蘿菈靈體殘存的魔力。於是——

「這是……怎麼回事……！」

白奈感應到湖底發生的異變，聲音為之顫抖。

黑殼的表面冒出裂痕，無數形影從縫隙中湧現。那是模樣呈鐵灰色的發亮生物，宛如長著複眼的蜜蜂，也像有長長尾巴的蛇。

顯然擁有有機生命體的輪廓，質感卻又類似人造物體的怪物。

有那種怪物出現，對白奈來說大概也是意料外的事。凪沙透過纏在身上的靈絲也能感受到白奈的動搖。

但異變並沒有這樣就結束。

像是為了迎擊那些鐵灰色怪物，水中出現了巨大的身影。

具有意識的濃密魔力聚集體。來自異界的召喚獸，上半身酷似人類女性，下肢則為魚身，而且背後長著翅膀，還有猛禽般的銳利鉤爪。

冰之人魚，或可稱為妖鳥（Seirēn）——擁有冰河般透明肉體的吸血鬼眷獸。那是奧蘿菈封印在她體內的分身。

「……不可以……快停下來……」

凪沙抬頭望著冰之眷獸，祈禱般告訴對方。

但她的聲音無法傳達。

如今凪沙被切離肉體，沒有傳達意念的手段。

妖鳥翅膀灑落的龐大魔力讓整座神繩湖逐步冰凍。那是藉由急速結凍造成的收縮及脆化，令萬物化為塵土的凍氣。

縱使是蘊藏龐大魔力的黑殼，面對那樣的攻擊也不堪一擊。

正因如此，凪沙才放聲大叫。

「奧蘿菈！不可以——————！」

瞬時間，凪沙的視野被蒼藍耀眼的光芒籠罩。

原本被稱為神繩湖的地方全成了捲起漩渦的巨大冰晶。

純白的霧與冰雪逐漸覆蓋周圍的山頭。

凪沙在淡出的意識一隅感覺到這些，本身靈體則在同時間被光芒吞沒了。

5

斐川志緒隔著牢舍的鐵框，與曉牙城面對面坐著。

「做自己……是怎麼樣的一回事……？」

志緒將臉趴在用雙手環抱的膝蓋上，口裡冒出帶有哲學味的疑問。看似堅強的語氣中，有無處傾洩的不安與心結從隻字片語流露出來。

被鎖在牢舍的曉牙城則聽著志緒的獨白。

志緒起初都不理牙城，但面對牙城死纏爛打一直攀談，不小心給了回應的她算是玩完了。他們從喜歡吃的東西開始聊起，後來話題變成誕生月份的星座，談著談著又玩起了診斷性格的心理測驗，然後不知不覺中就變成在討論煩惱了。志緒自己發起牢騷，牙城始終都扮演著傾聽者的角色。

為什麼我要對這種男人談這些——志緒對牙城懷有如此的敵意，然而回神以後，她卻將相當隱私的煩惱透露給對方知道了。儘管牙城一副賊頭賊腦的模樣，話術之高連老牌男公關都會相形失色。志緒隱約知道再這樣下去不好，卻無法停止自我表露。

「再說我也好想變得像唯里那樣。唯里真的很可愛，又開朗又乖巧，像個女孩子。我也很喜歡她，可是又覺得自己跟她一比好沒用……」

「——不過，唯里很喜歡妳吧。感覺她對妳有種無條件的信任。」

在對話中斷的絕妙時機，牙城嘀咕了一句。他那沒什麼根據的話冷不防讓志緒著了道。

「那是因為我的咒術成績碰巧比較好……可是，真正厲害的是唯里啊。而且七式突擊降魔機槍原本應該是由她接掌的。」

「哦，真的啊……那就厲害了……」

「嗯。」

牙城彷彿打從心裡佩服的模樣讓志緒有了些許滿足感。即使牢騷話說來說去，只要唯里被別人誇獎，志緒就會跟自己被誇獎一樣高興。

牙城不會隨便安慰人。相對的，他會點出連志緒自己都沒有發現的心裡真正的願望。那讓志緒聽了既心癢又痛快。

「志緒美眉，妳真了不起。」

如今，牙城隨口誇了志緒。志緒忍不住惱火地問：

「怎麼樣？你是瞧不起我嗎？」

「不是不是。簡單說呢，妳是努力想當一個可以跟好朋友匹配的人，才會讓自己陷入沮喪吧。」

「因、因為做那種努力……是合情合理的啊……」

「不不不，會把那想成理所當然就是妳了不起的地方。難怪唯里會信任妳。」

牙城亂從容地說了。他那種像是看透一切的口氣讓志緒有些排斥，同時卻又微微臉紅。

「不、不准你評論唯里……！」

志緒反駁的聲音缺乏魄力。就算她知道這是曉牙城的話術，被這樣誇獎也不可能覺得反感。由於頭一次交手時被牙城單方面修理，志緒對他沒有好印象，但現在志緒反而覺得：難道他人並不壞？其實牙城的外表也意外不錯，要說他有種滄桑的帥氣倒也不是不行——

「那個……謝、謝謝你聽我說這些。」

志緒使勁擠出勇氣道謝。雖然聲音小得像在說悄悄話，這種距離應該不會聽不見。

可是牙城卻沒有回話。他忽然面無表情得可怕，只顧瞪著外頭。

「曉……曉牙城？」

「我說，志緒美眉……這股氣息，是不是不太對勁？」

「咦……？」

被牙城一臉正經地一問，志緒也把心思擺到四周。有一股異常的寒氣流入倉庫，即使是

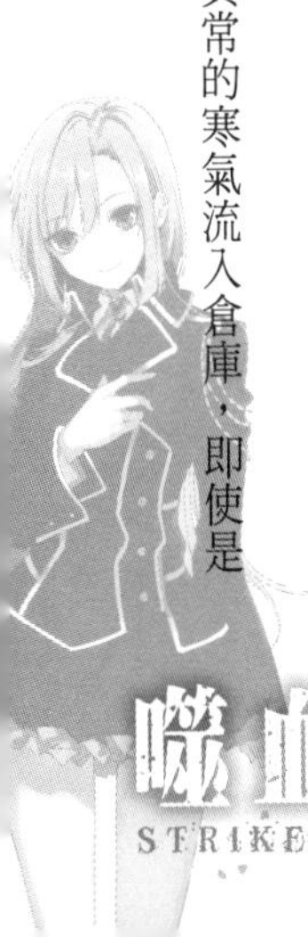

盛冬也未免太冷了。氣溫急遽下降，使空氣凍成白色。

志緒察覺到寒氣內含的魔力餘韻，頓時倒抽一口氣。

「這種討厭的感覺……是什麼……？」

在她嘀咕之後，神緒多地區隨即天搖地動。

並非地震那種斷斷續續的搖動，宛如巨錘落在咫尺間的瞬間衝擊。

震源恐怕在神繩湖——唯里等人理應正在舉行儀式的方位。

但是受阻於含有魔力的寒霧，志緒不曉得神繩湖發生了什麼狀況，唯獨胸口有股說不出的心悸。

「這股震動……看來不是一般的地震。那個老太婆搞砸了嗎？」

牙城恨恨地撂話，然後在牢籠中站了起來。有東西發出沉沉的「鏘啷」一聲落在他腳邊。志緒看到後大吃一驚。

「等等……為什麼腳鐐會鬆脫！你怎麼辦到的……？」

理應將牙城綁在牢舍裡的金屬腳鐐在不知不覺中被解開了，應有雙層構造的鎖頭被分解得七零八落。

「這還用問，基於工作因素，我對這種事已經習慣了。」

牙城一邊將獲得自由的踝關節轉了轉，一邊用悠哉語氣回答。

志緒傻眼地望著他說：

「你、你不是考古學家嗎！」

「只要到處做實地考察，就會碰到各種狀況啦——」

牙城隨口回答以後，猛然抬頭看了頭頂。

「不妙……！志緒美眉，上面！」

「咦！」

志緒對牙城的吼聲起了反應，將視線轉向天空。那一瞬間決定了她的生死。穿破倉庫天花板從志緒正上方出現的，是呈鐵灰色的發亮怪物。

「這傢伙……是什麼玩意！」

怪物全長約三到四公尺，頭部酷似黃蜂，胴體如蛇，還長著翼手龍般翅膀的異形怪物。它在發現志緒存在的同時便毫不猶豫地張顎撲了過來。

假如沒有牙城提醒，志緒大概就毫無防備地被怪物撕裂了。

「撼鳴吧——！」

從制服胸口掏出所有咒符的志緒高喊。

灌注咒力的一張張咒符幻化成無數猛禽撲向怪物。

獅子王機關的舞威媛擅使的式神攻擊咒。起初發動攻擊的兩三具式神雖然被怪物輕鬆擊落，然而被眾多式神纏上後，其動作漸顯遲緩，最後終於摔到了地上。

志緒用完手上的所有咒符，才總算讓鐵灰色怪物停下。

她還來不及確認敵情就搖搖晃晃地當場倒下。

只為迎戰一隻怪物，志緒操縱了十七具式神。由於一口氣花費太多咒力，使她陷入呼吸過度的狀態。儘管志緒在高神之杜是成績不錯的模範生，卻不像她以前的同學煌坂紗矢華那樣擁有怪物級的咒術天分。

那隻鐵灰色怪物本來也不是志緒能獨力對付的敵人，能勉強打倒不過是運氣好罷了。

然而，志緒還沒空放心，頭上又傳來了新的鼓翅聲。

與剛才那隻類似的鐵灰色怪物正朝倉庫逼近，而且數量並非一兩隻，光視野所及就有超過二十隻，大有撲天蓋地來襲之勢。

「數量這麼多……」

志緒絕望得臉色發青。再怎麼說敵人都太多了。製造式神的咒符已經用完，也沒有時間準備大規模咒術。

要是身邊至少有唯里在——這麼想的志緒咬緊嘴唇。

假如有長於肉搏戰的劍巫當前鋒幫忙拖住怪物爭取時間，志緒還有辦法對付。獅子王機關的舞威媛獨有的王牌——

「趴下！」

杵著不動的志緒身後傳來了粗魯的吼聲。

志緒無意識地受到那聲音驅使，壓低姿勢。就在此時，位居成群怪物前頭的其中一隻朝她撲來了。

鐵灰色的龐大身軀打滾似的從天飛落，讓志緒有了受死的覺悟。

金屬碰撞的巨響「磅」的一聲撼動大氣，震撼她的鼓膜。

原本已經逼近眼前的怪物被轟到一旁，經過濃縮的高密度咒力隨爆焰解放而出。

那是封有咒力的貴金屬子彈——咒式槍發出的攻擊。

「曉牙城？你從哪裡變出槍的……！」

在牢舍裡的牙城手裡正舉著槍身截短(Sawed-off)的散彈槍。他射出的子彈將鐵灰色怪物粉碎，救了志緒一命。

牙城一邊替微微冒出硝煙的散彈槍重新裝彈，一邊走向牢舍的鐵框。緊接著，他像海市蜃樓一般穿過鐵框，直接到了牢籠之外。

「物質穿透……？不……不對……你那種能力究竟是……！」

志緒看著牙城若無其事地走出倉庫，嘴裡發出了困惑的叫聲。

物質穿透是可以匹敵空間操控的超高難度魔法之一，但是牙城所用的招式和一般的穿透

術式也不太相同。那並沒有物質穿透的特徵，也就是將肉體分解成量子大小再重新構築的痕跡，也沒有用過魔力的跡象，甚至讓人陷入某種錯覺——曉牙城這個人彷彿從一開始就不在牢內。

「差不多二十年前，我在中亞闖進了詭異的遺跡……」

牙城慵懶地對混亂的志緒露出笑容。他的散彈槍再度迸出火光，將第三隻怪物擊滅。

「——當時與我同行的遺跡調查隊全滅。唯一活下來的我，到現在還是有半副身軀留在『那邊』。」

「原來是這樣……冥府歸人……人稱『冥府歸人』的曉牙城！」

志緒想起了牙城的外號。從理應不存在這個世界的冥府回來的男人——而且，他的肉體至今仍停留在兩個世界的界線上。

曉牙城人在牢舍，同時也不存在於這個世界的任何地方。

無論有多牢固的鐵框，也無法關住不在這世界上的人。

「雖然付出了莫大的代價，多虧如此我才能替自己留這麼一手絕活。」

牙城甩開射完子彈的散彈槍，隨手張開雙臂。

他的左右手裡憑空冒出了巨大武器。儲藏在「冥府」軍火庫當中的槍械超越空間，具現成實體了。

「機、機關槍？」

「一隻一隻慢慢對付好像會沒完沒了——」

牙城說著便將大口徑的軍用機關槍朝大批怪物連射。

威力雖然不及咒式槍，每分鐘超過六百發的彈幕仍有過人密度。輔以強力的對魔獸專用彈效果，靠近的眾多怪物一概被逼退。

「志緒美眉，用降魔弓！把這些傢伙一口氣燒光！」

「不、不用你來告訴我……！」

志緒將手伸向裝備(Mount)在腰際後頭的銀色西洋弓。趁著牙城牽制住那些怪物，現在恐怕是使用這把弓的最後時機了。

「——申請認證！改良型六式降魔弓Ⅲ(Freikugel Plus)，解放(Unlock)！」

志緒舉起折疊狀態的西洋弓，唱誦啟動指令。金屬西洋弓感應到她灌輸的咒力，弓身隨之張開。保險裝置解除了。

『認證為註冊射手斐川志緒，改良型六式降魔弓，啟動(Active)。』

志緒確認降魔弓啟動以後，就從大腿的箭套抽出金屬箭搭上弓弦。

在短瞬間閉上眼，將接近三十隻怪物的位置全都烙在腦底。多重鎖定(Multi Lockon)咒術的目標是志緒最擅長的招式。縱使與生俱來的咒術天分不及煌坂紗矢華，她對累積的修練量仍有自信不輸

對方。

而且這把改良型六式降魔弓是為了將志緒的能力發揮到極限而重新設計過的武神具。

「狻猊之舞伶暨高神真射姬於此誦求！雷霆召來——！」

志緒放出的銀箭一邊劃出多重魔法陣，一邊飛向了天空。

咒箭前端裝設的嚆矢能發出人類喉嚨不可能唱誦的高密度及大音量咒語，完成規模浩大的咒術。

無數爆風掀湧。

志緒催發的是仿效雷光能量的咒刃。迅如疾雷的多道咒刃灑落地面，不偏不倚地貫射所有鐵灰色怪物，一隻不留。

「……哇喔，厲害。不愧是獅子王機關的舞威媛。」

用盡咒力而倒下的志緒被牙城從背後一把抱穩。

成群怪物被志緒的攻擊一掃而空了。

志緒的改良型六式降魔弓是獅子王機關暗地裡不斷研發的制壓兵器完成版。她能勝過大批怪物，大多是仰仗降魔弓的威力。

結果，留在神社的非戰鬥人員算是逃過了被怪物襲擊的危險。緋沙乃或許從一開始就料到有這種可能性，才會將志緒留在這裡。

「話雖如此，看來不妙了。怪物會入侵神社結界的內部，就表示包圍神繩湖的部隊全滅了嗎……？」

牙城瞪著隱沒於純白霧氣的神繩湖，將嘴巴撇到一邊。

人工水壩湖的周圍受到濃密寒氣與魔力遮蓋，處於無法隨便接近的狀態。

監視湖泊的自衛隊部隊肯定被異變波及了。

與他們一同行動的緋沙乃等人應該也是。

曉凪沙和羽波唯里也一樣。

「唯里……！」

志緒軟軟的一聲細語在霧氣中迴盪，然後消散。

牙城臉上依然不帶表情，默默地一直瞪著湖泊。

6

藍羽淺蔥和麗迪安‧蒂諦葉正飛行經過丹澤山脈上空三千公尺處。

蒂諦葉重工打造的傾轉旋翼運輸機——「魚鷹」機內。

她們被特區警備隊到處追趕，近乎落荒而逃地離開絃神島是在昨天下午。之後，抵達本州的淺蔥等人在蒂諦葉重工設於橫濱的倉庫躲過一夜，也完成了武器彈藥及燃料的補給。於是為了搜索失蹤的曉凪沙，她們做好準備正前往神繩湖。

大過年的就弄得雞飛狗跳。

對淺蔥來說，起初她只是想輕鬆地幫忙收集情報，並沒有想過要把事情鬧這麼大。

但是由於在機場受到特區警備隊襲擊，她身邊的狀況也有了一百八十度的轉變。

曉凪沙的失蹤似乎與國家機密有關，而且因為淺蔥想搜索凪沙的下落，也變得脫不了關係。這樣下去，她在最糟的情況下會被捕，然後直接送到拘留所。在找出解決事件的線索或靠自己掌握足以跟政府交易的情報之前，淺蔥都無法回絃神島。

為什麼事情會變成這樣？雖然淺蔥心裡大有疑問與不滿，但現在最優先的仍是找出凪沙。總之要先把情報弄到手。她是查明真相的唯一頭緒。

「——嗯。『膝丸』的複座駕駛組件，組合完畢是也。」

渾然不知淺蔥的苦惱、正在狹窄機庫裡喧鬧的則是手裡拿著用來調整機體的小型電腦的麗迪安。估計年齡為十二歲左右，有著亮麗紅髮的外國少女。

她的愛機，也就是那台超小型有腳戰車（Micro Robot Tank）已經完成大規模改裝，外觀有了大幅改變。最大的特徵在於，大多數裝備已經從街道戰專用換成適合野戰的組件，而且還加裝了供淺蔥搭乘的副駕駛座。

俏皮的圓滾滾外觀保持原狀，由於添增了各種裝備，變得像可愛吉祥物為了去火拚而全副武裝的詼諧模樣。

基本上，蒂諦葉好像也對那種硬添裝備的狀態很滿意。

「透過加裝能源背包，運作時間飛越性增加，火力也更上層樓是也。剩下的問題在於，用來彌補機動力低落的輔助推進器（Side Thruster）能發揮多少效能是也。」

「那倒不要緊啦，戰車手。可是這套衣服就不能想點辦法嗎？」

淺蔥換上了準備好的駕駛裝，遮著胸口瞪向麗迪安。

跟麗迪安同款式的那件防護衣設計得像是貼身無比的競賽用泳裝。

除了身材曲線突顯得清清楚楚以外，胸口還縫上了用黑色麥克筆寫的「藍羽淺蔥」名條。附屬配件是遮到上臂的長手套，還有到大腿的過膝襪。這些與淺蔥本人的華麗髮型相輔相成，讓她的模樣活像個可悲的扮裝少女。

然而，「戰車手」少女卻納悶地偏頭，眨了眨眼。

那是一張完全不知道有什麼問題的臉。

「很適合妳是也，女帝大人。」

「拜託，問題又不是適不適合……！」

「就算妳這麼說，此乃蒂諦葉重工自豪的最新駕駛裝，因此除了擁有最高水準的防彈防刃耐衝擊性能之外，防水性及透濕性也出類拔群，還可以整件丟到家庭洗衣機洗，實屬殺菌消臭效果齊備的優秀產品是也。」

「可是怎麼看都只像普通的校用泳裝耶。什麼品味嘛，你們公司的技術人員……」

淺蔥無力地靠到戰車裝甲上。

有腳戰車的操縱席狹窄，服裝太花俏確實有夾進機械縫隙裡的危險性——道理上並非無法理解，大刺刺寫著姓名的名條則是在萬一發生事故時用來辨別傷患。聽了這樣的說明，淺蔥也抱怨不了太多。

「不講這些了，女帝大人。現在差不多該請妳搭上『膝丸』了。我們即將抵達著陸預定地是也。」

主動坐進有腳戰車的麗迪安提醒淺蔥。

傾轉旋翼機「魚鷹」是由人工智慧(AI)駕駛的無人機，飛行高度及航線都是由麗迪安透過有腳戰車來決定。

現在麗迪安忽然這麼說，讓淺蔥有些訝異地問：

「著陸預定地？什麼意思？難道妳想突然降落到地上？」

「這架機體是傾轉旋翼機，因此可以垂直起飛降落是也。與其從上空觀望，降落到地上

あいが
あさぎ

搜索不是更能獲得詳細的情報？」

「話是這樣說沒錯啦。」

淺蔥帶著猶疑的表情思索。假如她們要認真調查凪沙的下落，確實遲早得降落到地面。

「可是神繩湖周圍已經被自衛隊封鎖了吧？我們大搖大擺地降落沒關係嗎？不會被他們擊落吧？」

「呵呵，無需擔心。在下會擊退一兩架攻擊直升機讓女帝大人瞧瞧。」

「別讓我瞧啦！打下自衛隊的戰機是要怎麼辦！」

妳是想打仗嗎——淺蔥怒罵，但麗迪安早就關閉了駕駛座的艙門，淺蔥只好也鑽進副駕駛座。

有腳戰車「膝丸」的副座駕駛組件到底屬於之後補上的簡易裝備，兩個駕駛座各自獨立，不用通訊器就連對話都辦不到。要說不便是不便，在隱私方面倒算不錯的設計。

四周被電子儀器包圍的座位窄雖窄，坐穩以後卻意外舒適。由於駕駛艙艙門內側有外部監視器，沒什麼壓迫感。不過——

當整片大型監視器忽然顯示出醜兮兮的吉祥物CG時，淺蔥難免嚇到了。可以稱為淺蔥搭檔的人工智慧化身（Avatar）毫不保留地用了大音量搭話：

『是我，小姐。聽得見嗎？』

「摩怪？你怎麼會突然冒出來！還有吵死了！音量太大了啦！」

淺蔥一邊花腦筋操作不熟悉的面板，一邊調低通訊的音量。摩怪不管她有多辛苦，自顧自地繼續講話：

『真受不了，通訊總算接上了。不能用手機果然很不方便。』

「我在逃亡啊，又沒有辦法。重要的是找我幹嘛？」

『嗯，這個嘛……我本來在猶豫要不要轉達這項情報，不過事情似乎變得挺複雜，我想還是趁現在先說一聲——』

「怎樣啦，你這樣很噁心耶。有話就快說啊。」

淺蔥不耐煩地回話。摩怪聽她這樣催促，就雙手合十擺到自己面前說：

『抱歉。我失去古城小哥的位置資訊了。』

「啥？什麼意思？古城不見了嗎？」

『哎，就是這麼回事。』

淺蔥停下操縱電子儀器的手，眼睛瞪向摩怪。當哥哥的接在妹妹後面也跟著失蹤了。她在想：那對兄妹究竟搞什麼鬼？

「姬柊呢？她沒有跟古城在一起嗎？」

『用長槍的小姐也行蹤不明。他們似乎對上了使用詭異魔法的敵人，附近的監視攝影機全數報銷，只留下超壯觀的戰鬥痕跡。』

「等等……你說的戰鬥是怎麼回事！我有讓古城帶著備用的電腦吧！」

『呃，那玩意和古城小哥一起落海啦……之後就一直收不到訊號。』

「他摔到海裡了……？」

淺蔥這次真的說不出話了。紘神島是浮在太平洋上的人工島，周圍水深非同小可，海流速度也相當快。實際上，那和摔到太平洋中央差不了多少。

就算古城是不老不死的吸血鬼，淺蔥也會憂心那實在不太妙。即使不是落海，古城本來就不擅長游泳。

「你說和敵人戰鬥是怎麼回事……為什麼古城會被攻擊……？」

『啊～～那大概是因為──』

當摩怪正準備透露什麼的時候，它的CG圖像忽然扭曲了。疑似由下而來的衝擊讓「魚鷹」的機體大幅震盪，與摩怪的通訊因而中斷。

「這次又怎麼了？出了什麼狀況，『戰車手』！」

淺蔥用內藏無線電大喊，麗迪安則悠然回話：

『似乎遭遇敵襲是也。』

「敵、敵襲……？妳不會真的在跟自衛隊戰機交戰吧！」

『非也。在下將機外的影像傳到妳那邊。』

麗迪安的話還沒說完，傾轉旋翼機的外部影像也傳送到副駕駛座的螢幕上了。上面拍到的是疑似神繩湖當地的景象。

「湖……結凍了……？」

淺蔥如此嘀咕完之後就說不出話了。

被美麗群山環抱的巨大人造湖——

然而，湖面凍成了白色，而且隆起如高聳的冰山。整座水壩都結凍了，催發極低溫寒氣的純白濃霧已經籠罩湖泊四周。

無論怎麼想都不會是正常的自然現象。那是大規模的魔導災害。

由於大氣急遽收縮，亂流十分嚴重，不停迴繞的「魚鷹」機體難以穩定。或許是霧氣帶有魔力的影響，似乎還發生了通訊障礙。恐怕也是因為如此，跟摩怪之間的通訊才會中斷。

『在下會一邊繼續收集數據一邊從這個空域脫離是也！啟用戰鬥緊急動力——！』

麗迪安難得用焦急的口氣說話。她的判斷很準確。既然不明白異變的原因，停留在這個空域並非上策。

然而，在機體實際上升前，機庫裡就響起了疑似金屬被扯裂的劇烈怪聲。

『失算……！』

「妳、妳說什麼？」

『完全被敵人纏住了是也……！』

「敵人……不會吧……！」

啃破機庫外壁出現的是擁有蜜蜂般下顎的鐵灰色怪物。它似乎是靠近似於翼手龍的巨大翅膀飛來襲擊這架「魚鷹」。

『網路上沒有吻合的數據……恐怕乃新種的魔獸是也……』

麗迪安用異常冷靜的語氣告訴淺蔥，她好像還有用魔獸影像進行搜尋的餘裕。然而怪物的攻擊在這段期間仍舊持續著，「魚鷹」機體震動的情況不停惡化，感覺高度正慢慢下降。

「自衛隊設下的包圍網，該不會就是為了抑制這隻魔獸……？」

想起神繩湖周邊幹道都遭到封鎖的淺蔥驚呼。

假如有這種凶猛的魔獸大量出現，自衛隊會出動確實合情合理。情報會遭到隱蔽，想來也是為了避免鄰近居民恐慌才不得不用的手段。

但是問題在於：曉凪沙是怎麼跟這場風波扯上關係的——

『引擎失去動力，油壓系統切斷。無法操控。這樣下去難逃墜落一途是也。』

「墜、墜落……！」

冷汗直流的淺蔥背後有風聲隆隆襲捲而來，「魚鷹」後方的機庫艙門正隨著怪聲強行開啟。是麗迪安遙控打開了艙門。

固定「膝丸」的鋼索被解開，有腳戰車的固定用鉤架陸續解除。

「妳、妳在做什麼，『戰車手』！」

『在下要進行空投是也。』

「啥！妳說空投……是直接跳下去的意思嗎！」

淺蔥愕然看了駕駛艙的儀表。雖說在墜落途中，離地高度仍在一千公尺以上。地表上是被群樹覆蓋的連綿險峻山脈，感覺根本沒有地方能安全著陸。基本上要空投戰車，都會在無人搭乘的狀態下進行才對。畢竟就算靠降落傘減速，在被關在大塊鋼鐵內的情況下，著陸時的衝擊絕不能等閒視之。

『常言道：有備無患。為預防這種不測的事態，在下早幫「膝丸」裝上空降(Airborne)設備是也。雖然還沒進行實際運用的測試，但理論上不會有問題是也。』

麗迪安說話的口氣充滿毫無根據的自信。

淺蔥臉色蒼白地甩亂一頭秀髮說：

「問題可大了！會死啦！絕對會死！」

『置之死地而後生。要走嘍，女帝大人。』

隨著麗迪安發出宣言，「鏗」的一聲，最後一道固定鉤架解除了。令人不舒服的飄浮感

撲向淺蔥，有腳戰車從機庫摔落。

摔向沒有任何立足之地的一千公尺高空——

「開玩笑的……吧……」

強大的空氣阻力化為厚實空氣牆，朝有腳戰車迎面撲來。淺蔥連同機體一起受衝擊搖盪，已經連聲音都發不出來。

遭受鐵灰色怪物襲擊的傾轉旋翼機在淺蔥她們頭上炸開了。

有腳戰車直接承受飛散的碎片及爆壓，一路往下墜落。

「呀……呀啊啊啊啊啊啊啊啊——！」

淺蔥的尖叫聲被蒼穹吸收而後隱沒。

眼底下被純白霧氣籠罩的地面正無情地等待著她們。

幕間 i

有種讓人懷念的味道，留有草味的榻榻米味道。

曉古城在鋪設於寬廣和室的被窩裡醒來了。

隔著紙門映入的光柔和地照亮睡眼惺忪的視野。

「這裡是……？」

古城保持仰臥，茫然環顧陌生的房間裝潢。

有年紀的老建築，梁柱木材經過長久歲月變成麥芽色，營造出沉穩的高級感。在屬於人工島的絃神島上不太有機會體驗到這種氣氛。

「對喔……我們是遇到那個穿巫女服的怪女人襲擊……」

古城回想起的最後一段記憶是在人工島海岸的戰鬥。

他們拖著半條命逃離南宮那月的追擊以後，就遭受身穿巫女裝束的神祕少女襲擊。

少女使用的是彷彿可以強行介入時間連續性的恐怖能力。別說古城，連雪菜和妃崎霧葉都束手無策地遭到單方面修理。

為了逃離她的追擊，古城抱著自殺的決心召喚出眷獸，將腳底的地面整塊摧毀。結果，古城連同雪菜她們都摔到海裡了。

他記得的就只到這裡。

「對了，姬柊人呢——！」

古城想起雪菜她們受到攻擊波及，整個人想要蹦起來。

於是，他在胸口一帶感受到微微的抵抗力道。輕柔的重量與溫暖，彷彿有隻性情反覆的貓坐到身上。

隔著棉被趴在古城胸膛上的少女正靜靜地打呼。

「姬、姬柊……？」

超越理解範圍的畫面讓古城直接愣住了。

姬柊雪菜依偎著古城，悄悄地發出鼾聲。長長睫毛與形狀漂亮的唇，端正的臉孔一如往常，不過也許是睡得毫無防備的關係，她看起來感覺比平常年幼。

不知道為什麼，雪菜身上穿的並非平時的制服，而是浴衣。或許因為她用趴著的姿勢睡，領口稍微外掀。闖進古城眼簾裡的是露出來的白皙頸根、形狀明顯的纖細鎖骨，以及微微隆起的胸脯。

「姬柊……為什麼……會穿著浴衣……和我一起……在被窩……」

被雪菜穿浴衣的模樣吸引住的古城陷入慌亂了。鎮定下來——他這麼告訴自己，但是雪菜在極近距離下暴露的肌膚正逐漸剝奪古城正常思考的能力。

大概是古城東想西想的焦急情緒傳達出去了，原本睡著的雪菜有了起身的動靜。她用臉頰在古城的棉被上磨蹭，看似依依不捨地呼氣。

「……嗯……」

雪菜一面發出小動物般的奇妙聲音，一面緩緩抬頭。她的表情恍惚，眼睛也沒有對焦，也許還有些許睡迷糊的調調。儘管浴衣外掀讓香肩露出了一半，雪菜好像也沒注意到。

「啊……學長，早安……」

雪菜像小朋友一樣揉了揉眼睛並且開口問候。古城心裡就像捧著解開保險裝置的炸彈，望著目光混濁的她說：

「鎮、鎮定點……姬柊，我、我們好好談……」

「喔。」

「首、首先……我們要冷靜地確認狀況——」

「——學長？」

瞬時間，雪菜睜大眼睛，猛然挺身到古城面前。儘管古城嚇得以為自己會被咬——

「太好了，你醒過來了！傷勢呢？受的傷要不要緊？」

「嗯，還好……大概啦……」

雪菜由衷表示擔心，讓古城鬆了口氣似的點頭回應。

太好了——雪菜放心地吐氣。在她背後的牆角，全金屬製的銀槍正鋒芒畢露地立著。

古城之前差點被敵人用從雪菜手中奪走的那把槍刺殺。雖然當時的情況無可奈何，也許雪菜還是覺得自己有責任。

但諷刺的是，古城能擊退巫女裝束的少女正是託「雪霞狼」的福。雪菜那把能讓魔力失效的槍會連巫女裝束的少女用來「介入」時間的能力都一併封鎖，因此才替古城創造了反擊的機會。不過——

「…………原來如此。」

在雪菜轉達來龍去脈以前，有個留著古風烏黑長髮的少女和古城從同一床被窩裡探出頭。有如恐怖片的這一幕嚇得古城睜大眼睛。

「唔喔！」

「熬夜照顧傷患，最後就在旁邊睡倒……簡直像廉價的愛情喜劇呢，還附贈穿浴衣小露酥胸的養眼鏡頭。妳就是用這種少根筋的女人味勾引第四真祖的對不對？雖然看了有點不爽，還是可以當參考。應該誇妳不愧是獅子王機關的劍巫嗎，姬柊雪菜？」

「妃崎？妳……妳怎麼會從那裡冒出來……！」

古城傻眼地望著從自己被窩鑽出來的妃崎霧葉，聲音沙啞地問。

雪菜帶著僵凝的臉色，眉毛一陣抽搐。

「學長……你跟她睡同一床棉被……到底做了什麼……！」

「不對啦！我也是剛剛才醒的！我什麼都不知道！」

「姬柊雪菜，反正妳先把浴衣穿好。」

「……唔！」

雪菜被霧葉淡然提醒，連忙遮住了外掀的浴衣領口。古城被她「唔～」地投以幽怨的眼光，一邊感到心有虧欠一邊轉開視線問：

「現在到底是什麼狀況，妳應該會說明清楚吧，妃崎霧葉？」

「在那之前我想先問，你記得多少呢，第四真祖？」

撐起上半身的霧葉反問古城。她果然也和雪菜一樣穿著浴衣。猛一看，古城穿的也是和她們倆同樣花色的男用浴衣。

「……我只記得自己突然被穿巫女服的女人襲擊，然後差點沒命。當時姬柊的長槍被搶走，對方就是用那個朝我出手的對吧──」

「沒錯……附帶一提，右臂的狀況如何？有沒有問題？」

「問題？」

什麼意思──如此心想的古城低頭看了自己的右手，表情變得緊繃。

看似害怕而目光閃爍的雪菜則用力咬緊嘴脣。

「學長？」

「右手……沒有感覺耶……」

古城判斷自己掩飾不了便低聲嘆氣並招了出來。怎麼會──驚呼的雪菜肩膀發抖。

「果然沒錯。」

霧葉一臉心裡有數地聳了聳肩。古城帶著困惑的臉色瞪向她問：

「妳本來就知道嗎？我右手的狀況──」

「嗯。畢竟我讓你摸了這對豐滿的胸脯，你卻沒有任何反應。」

霧葉故意似的彎下腰，強調自己的胸口。

「妳……妳說胸……胸脯……？」

古城的目光在無意識之間被霧葉浴衣的接縫吸引過去。假如他曾經把手深進那迷人的縫隙卻完全沒發覺，那可是天大的憾事。

然而，霧葉毫不愧疚地聳肩說：

「騙你的。」

「居然騙我喔！」

「你的右臂差點斷了喔。因為你魯莽地想徒手接下發動中的七式突擊降魔機槍——」

「這樣啊……說起來……以前也發生過類似的事……」

古城無力地笑著咕噥。雪菜大概是對古城他們毫無緊張感的互動覺得傻眼，便帶著難以形容的撲克臉默不吭聲。

古城被獅子王機關的祕藏兵器「雪霞狼」貫穿身體，已經是第二次了。上一次負傷誘使眷獸失控，造成被刺的傷口半具現化。當時由於魔力外洩而導致身體失調，讓古城頭痛了一陣子。至於這次的狀況，則是喪失感覺。

正因為「雪霞狼」是可以誅滅吸血鬼真祖的破魔長槍，即使憑第四真祖的再生能力，好像就是無法讓「雪霞狼」造成的傷口輕鬆痊癒。

「哎，倒也不是不能誇你當機立斷。」

霧葉意外地用安慰的口氣告訴古城。

「含眷獸發動的自殺攻擊在內，要擊退『寂靜破除者』，除了那樣做也別無選擇。雖然連我們都差點因此溺死了。」

「『寂靜破除者』……呃，妳是說那個穿巫女裝的女人嗎？她報上的姓名好像叫作閑什麼來著。」

「是的。她是獅子王機關的三聖之首，日本最強的攻魔師之一。」

雪菜臉色沉穩地回答古城的疑問。

「日本最強」這種誇張的頭銜，在目前實際體驗過她的力量以後便讓人無法一笑置之了。既然閑古詠是獅子王機關的重要人物，她能使用「雪霞狼」這一點也就可以理解。

「雖然從太史局（我們這邊）的立場並不太想認同，但她是連吸血鬼真祖們都要敬其三分的怪物。如果犧牲一條右臂就能趕走那女的，以你來說應該算表現可嘉了。」

霧葉的語氣也顯得有些認命。

雪菜望著古城失去感覺的右手，悄然垂下目光。

「對不起，學長……都是因為我讓『雪霞狼』被搶……」

「妳不用在意啦。碰到那種招式，怎麼防都防不了吧。」

只要閑古詠出手，在察覺時一切都已經結束了，防禦及迴避都幾乎不可能，連要提防也無法稱心如意。把雪菜當成責怪的對象可就錯了。

「重要的是，得去找凪沙才可以——」

古城推開像是靠過來搗亂的霧葉並且起身。他走向窗邊推開紙窗確認目前所在地。

於是，古城像系統出錯的智慧型手機一樣頓住了。

因為窗外的整片景觀完全出乎意料。

層層交疊的巍峨山峰，屹然滿布常綠樹的山坡。飄著的一絲白煙，大概是溫泉吐出的蒸氣。遠遠可見頂著白色瑞雪的富士山。

任何一項要素都不屬於絃神島這座常夏人工島會有的景觀。

「這是哪裡……？」

理應在太平洋中央溺水的古城等人為什麼會在這種深山裡醒來？

當著腦袋混亂地回頭的古城眼前，房間的紙門被人使勁推開了。

結果從門後湧進房間的，是一群穿著色彩繽紛的和服的外國女生。

「讓各位久等了，這是客房服務！」

穿著振袖風格的紅色衣裳搭配荷葉邊圍裙，一身和風女僕裝的是二十歲左右的火辣金髮美女。那是張熟面孔。

「呵呵，讓各位久候了，這是餐點。」

穿藍色和風女僕裝的文靜美女恭敬地用三指拄地，然後低頭行禮。

「我會努力按摩！」

同樣穿黃色女僕裝的少女則奮發地握緊拳頭，抬頭望著古城。

「我們會在澡堂幫忙洗背……」「還可以提供比較色色的服務……」

分別穿著白與黑衣服的兩人組少女別有深意地露出微笑，正打算鑽進古城的被窩。古城到了這時候才總算從驚訝中振作——

「妳們幾個……！瓦特拉船上的女僕軍團怎麼會在這裡……？」

然後勉強用變調的聲音將疑問說出口。

神祕和風女僕們的真面目就是迪米特列．瓦特拉的遊船「深洋之墓二號」上的船客。據說她們原本是「戰王領域」鄰近諸國的王族與重臣的女兒，為了交換祖國的安全才會交由瓦特拉托管。

然而最關鍵的瓦特拉本人對人質或女人都沒興趣，因此她們都成了單純的客人，過著隨心所欲的生活，坦白講，甚至讓人懷疑是自由過頭了。

碰上「深洋少女組」這群人讓古城難掩動搖。

因為她們會出現在古城面前，就表示瓦特拉介入這次凪沙失蹤的事件了。那個身為戰鬥狂的「蛇夫」——

「其實……差點溺水的我們是被奧爾迪亞魯公救的。」

雪菜難以啟齒地說。

原來如此——古城一方面感到消沉，一方面還是能理解。古城等人摔落海裡以後，被在場的瓦特拉搭救——說起來算合乎情理的狀況。閑古詠之所以會輕易放過古城等人，想成是因為瓦特拉出現就說得通了。

「所以，這裡是瓦特拉的船上嗎？窗外的景色則是……立體影像之類……？」

「不是的。」

你想錯了——帶著微笑如此回答的是穿紅色和服的和風女僕。

「這裡是日本的溫泉旅館喔。箱根溫泉。」

「箱、箱根……？妳們怎麼會出現在這麼遠的地方……？」

「我們在度假。」

藍衣女僕看似愉快地瞇了眼睛。

「在奧爾迪亞魯公明理的處斷下，深洋之墓二號的乘務員及船客們都獲准在溫泉度過新年假期。」

「是、是喔……」

就算這樣，也用不著把我們都帶來吧——古城的心裡變得百感交集。讓人從絃神島送來日本本土確實值得感激，不過被領到這種觀光勝地……坦白講，很困擾。

假如被隨便丟在港口，反而比較方便就是了——

於是，剩下的幾個女僕似乎摸透了古城的思路，七嘴八舌地說：

「第四真祖，請你別忘了。」

「箱根離神繩湖不到二十公里。」

「這是用步行也到得了的距離喔。」

「……！」

古城訝異地盯著彷彿早就看穿一切並且微笑著的她們幾個。

看來古城等人在不知不覺中已經被塞到事件發生的核心處了。

第二章 白霧戰場

Battlefield Of White Mist

1

在優雅翱翔的裝甲飛行船艦橋上，拉．芙莉亞．立赫班正無精打采地托著腮幫子。銀髮碧眼，被譽為美神（芙蕾雅）再世的她是北歐阿爾迪基亞的年輕公主。

在她嘴邊有著與外界對她的印象相符的充滿慈愛的溫柔微笑。然而那虛幻的笑容，如今卻給人有些恐怖的感覺。

正因為容貌出眾，從笑容流露的惡意更能勾起恐懼。

公主難得芳心不悅。

「真遺憾。好不容易放假來到絃神島，最要緊的古城卻不在──」

拉．芙莉亞說著用澄澈如冰的目光看向部下。

被瞪得乖乖低頭的則是留著銀色短髮的女騎士。

擔任叶瀨夏音的護衛兼拉．芙莉亞派駐絃神島的密探──伏擊騎士優絲緹娜．片矢。

「卑職沒有話可以辯解。太晚向公主報告，是我優絲緹娜．片矢今生最大的疏忽。事已至此，我只能切腹以謝失職之罪──」

「住手，妳會玷汙飛行船。」

取出懷劍表示悲壯決心的優絲緹娜被拉．芙莉亞冷冷地駁斥。

「可、可是公主——」

「妳的失職奏了功，讓我與意想不到的人士締結交情。看在那份上，這次我不予追究。畢竟俗世似乎發生了有意思的事。」

戲弄過優絲緹娜的拉．芙莉亞大概是覺得痛快了，又回復平時的調調看向外頭。

裝甲飛行船「蓓茲薇德」目前的所在地是山中湖上空，離地高度約兩千五百公尺，可從富士裾野將丹澤山地一覽無遺的位置。

以高魔導技術為豪的阿爾迪基亞王國製造的觀測機器已經將神繩湖出現的巨大魔力源捕捉得一清二楚，暫時命名為「蜂蛇（Drone）」的那群魔獸亦同。

「對了，這會兒倒沒看見那位公子的身影？」

拉．芙莉亞朝艦橋的乘員問。一臉緊張地回答的，是坐在副長席的年輕騎士。

「王子獨自降落了。他交代過，有事情想調查。」

「原來如此……所以這種演變在他的料想之中嘍……」

眼裡散發好奇光芒的拉．芙莉亞嘀咕。

優絲緹娜似乎察覺了什麼，頓時抬頭說：

「公主，莫非離開紘神島的古城大人，目的地也是……」

「嗯，恐怕沒錯。」

頷首的拉．芙莉亞表情顯得愉悅。

「能不能降落在那塊叫神繩湖的地方，船長？」

「這大概有點難。」

外表令人聯想到中世紀海盜的粗獷船長對善變公主的疑問搖了搖頭。這是為什麼——拉．芙莉亞鬧脾氣似的微微偏頭。

「憑『蜂蛇』是破不了這艘『蓓茲薇德』的聖護結界，但是那片霧之中，似乎躲著更加棘手的玩意。」

船長用手指著的是位於艦橋一隅的望遠鏡頭監視器。離神繩湖約兩公里遠的深山空地上有隸屬不明的部隊在那裡布兵，含大型拖車在內共有三台裝甲車。兵力規模雖小，趁著霧氣藏身的行跡仍顯得詭異。

「他們是？那並非自衛隊(JSDF)的部隊對不對？」

拉．芙莉亞像是起了興趣似的將手湊到脣邊。

包圍神繩湖的自衛隊目的應該在於封鎖出現的魔獸，沒理由要在戰鬥已經開始的狀況下將零星戰力安排得跟伏兵一樣。

那支所屬不明的部隊指揮系統顯然有別於自衛隊，倒不如說看起來像彼此敵對。

「那輛拖車所載的東西讓我感到好奇呢。影像解析完了吧？」

靜靜微笑著的拉・芙莉亞問。

「實在拗不過公主吶。」

船長聳了聳肩，並且指示部下切換畫面。秀出的虹彩立體影像就是顯示魔力分布狀況的即時解析情報。

所屬不明的部隊躲藏之處浮現了陌生的輪廓。那是與大群「蜂蛇」比都無法比的強大魔獸反應。

「船長，這個是？」

伏兵意想不到的真面目讓拉・芙莉亞眼睛發亮。船長則皺著眉頭回答：

「單從輪廓來看像飛龍（Wyvern）。」

「飛龍？那不是受到特別保護的稀有物種嗎！」

優絲緹娜語氣正經地反問。

飛龍——飛行能力傑出的二足翼龍。與其稱為龍族的低階種族，應該視為模樣近似龍族的魔獸才對。即使如此，它仍是翅膀長達十四五公尺，擁有數一數二戰鬥力的凶暴物種。

飛龍於中世紀曾在世界各地肆虐發威，然而因環境遭到破壞導致棲息地減少以及人類濫捕濫獵，近年來數量已減少到瀕臨絕種。目前在日本，牠們只有棲息於蔚藍樂土的「魔獸庭園」以及其他幾處，野生飛龍自然不可能存活在離人類聚落這麼近的地方。

「區區的飛龍，倒不是這艘『蓓茲薇德』需要提防的對象。但目標的活體屏障術紋以及魔力結構都與普通魔獸全然不同，應該不能當成單純的新種來看待。」

船長用慎重的口吻說明。呵呵——拉．芙莉亞不禁失笑，表情宛如球滾到眼前而蠢蠢欲動的小貓。

「表示那是人為培育的新種或者飛龍以外的某種生物嘍？反正橫豎都是用於戰鬥吧。看來那位公子猜中了呢。」

「公、公主？」

優絲緹娜帶著畏懼似的臉色仰望主子。會在拉．芙莉亞心血來潮下被耍得團團轉的，正是擔任其護衛的騎士團。要是身為第一公主的拉．芙莉亞遭遇不測，可不是優絲緹娜一個人切腹就能了結的。

不知道公主是否明白女騎士的辛勞，她一面動手保養愛用的咒式槍一面開口：

「而且奧爾迪亞魯公的遊船停到了東京灣，據說神繩湖上空還曾目擊紐斯特里亞籍的傾轉旋翼機。洛坦陵奇亞及『混沌境域』的眾人當然也都睜亮了眼睛才是。呵呵……事情變有趣了呢，優絲緹娜。」

「公主……望您自重……萬萬要自重啊！」

女騎士幾乎要跪下來的懇求聲在裝甲飛行船的艦橋響起。

粉藍色船體開始慢慢下降了。

2

曉緋沙乃衝上凍成白色的水壩堤防。

她的肩膀上揹著失去意識的白髮少女。幽體脫離中的闇白奈毫無防備，緋沙乃獨自保護著她的身軀。

襲擊她們的一隻蜂蛇隨著巨響摔到地面。緋沙乃施展的薙刀連擊將鐵灰色魔獸劈落。雖然她身後是個嬌小少女，她出招時仍然俐落得不像揹了一個人。

緋沙乃低頭看著被大卸八塊的蜂蛇，表情卻顯得嚴肅。她發現理應靠咒力強化過硬度的薙刀刀身已經缺了一小角。

「好硬……難怪用子彈對付不了……」

緋沙乃靠著不像近七十歲老嫗的輕靈身手越過了結凍的水壩閘口。

霧氣瀰漫的水壩周圍到處有自衛隊和大群蜂蛇持續交戰。憑普通的步槍彈並不能打穿蜂蛇的鱗片，因此各部隊都在和魔獸苦戰。特殊攻魔部隊的裝備是以偵察用的高機動車輛為主，要對付大群魔獸則顯得火力壓倒性不足。雖然以戰力而言勉強能對抗，包圍網被敵人突破也只是時間的問題。

作戰本部所在的瞭望停車場周圍同樣受到蜂蛇猛攻。有近十隻體長達四五公尺的鐵灰色魔獸正在肆虐。

緋沙乃毫不猶豫地衝進那群魔獸當中。她揹著沒有意識的白奈，隨手般揮舞著薙刀。

「果然撐不到最後嗎？真希望歲月不會催人老——」

緋沙乃的薙刀在砍倒第六隻魔獸時刀身碎了。供給的咒力趕不上消耗，使得強化刀刃的術式因而解除。

「不過，打擊肉體內部還算管用。當成在對付螃蟹妖怪之類的玩意，勉強過得去。」

緋沙乃徒手將撲上來的第七隻蜂蛇打飛。特殊攻魔部隊的隊員們瞠目結舌地望著她那離譜的戰鬥手法。

蜂蛇數量減半，自衛隊的戰力便有了餘裕。眾魔獸承受重火器的集中砲火，陸續遭到擊落。緋沙乃確認大群蜂蛇開始敗退，才放下武器走向作戰本部的帳篷。

「曉巫司，原來您平安無事。」

從差點倒塌的帳篷裡出聲的，是個穿迷彩服的女性自衛官。她應該是輔佐安座真的人物，銳利的目光外加面無表情，略有難以親近的氣質。

她面對讓無意識的白奈躺到椅子上的緋沙乃，徒具形式地敬禮說：

「我是第一中隊沖山觀影一等特尉。安座真三佐下落不明，因此由我代為指揮連隊。」

「……安座真三佐失蹤了？」

「是的。從情況來看也有可能已經殉職——」

原來如此——緋沙乃發出嘆息。

本部附近受到蜂蛇突襲，損害甚為嚴重。儘管這不像能幹的安座真會有的失誤，指揮官負傷的狀況當然還是有可能發生，所以沖山觀影才會照著規定的程序來因應。

「戰況如何？」

「不樂觀。」沖山一板一眼地回答：「濃霧造成指揮系統四分五裂，這樣的視野也無法期待飛機支援。」

「蜂蛇數量會這麼多，實在出乎意料。」

緋沙乃表情嚴峻地嘀咕。神緒多神社並未留下蜂蛇實際出現的紀錄，黑殼解放造成的災厄對緋沙乃來說也是未知的體驗。

「我們同樣預估錯誤。」沖山的語氣始終冷靜。「要驅逐這麼多大型魔獸，目前我們的戰力十分不足。要是至少能讓各部隊恢復聯動，靠目前的裝備應該也能對付就是了——」

「聯動嗎？這樣的話，似乎有辦法解決。」

「咦？」

緋沙乃充滿把握的態度讓沖山第一次露出困惑的臉色。帶有強大魔力的霧氣使得無線電與咒術通訊都受到阻礙，在這種狀況下，要讓分散在湖泊周圍的隊員們聯動，所剩的手段想來並不會太多。

在困惑的沖山旁邊，總算恢復意識的白髮少女怯生生地舉了手。

「呃……那部分……由我來設法。」

「闇卿？」

沖山訝異地看向白奈。

「可是，要下達指示時又該怎麼做？」

「我來操縱……由我直接……操縱那些人……」

白奈說著閉了眼睛。她的頭髮從重力獲得解放，無聲無息地飄起。

可以感覺得到從中伸出的不可視靈絲像天羅地網一樣罩住了湖泊一帶。透過靈力之絲組織成巨大網路，再由一個少女掌握那一切。

就在隨後，自衛隊員們的動向改變了。

裝甲車搭載的仍有作用的機關砲迸出火光，砲彈精確地將躲在濃霧裡的蜂蛇射穿。白奈利用在蜂蛇旁邊的其他隊員的視覺情報，過濾出目標的精確位置。同樣的畫面在包圍網裡四處上演。

感受不到任何時間差的完美聯動。

殲滅完眼前敵人的部隊開始援護戰力單薄的部隊，救護部隊則前往救援原本不知去向的傷患。就算無線電仍有效用，要維持如此緊密的聯動仍非易事才對。闇白奈一個人的意志支配了整座戰場，好比優秀西洋棋手在操控盤面上的所有棋子。

「這就是……獅子王機關的三聖之力……」

沖山帶著戰慄的表情嘀咕。能讓數百名或者數千名士兵完全同步並加以統率的能力。從某方面而言，那種能力在現代社會裡比直接的戰鬥力更加危險。

暗殺、組織犯罪、情報收集、政治或經濟操作——因能力用法而異，要操弄國家本身應該也是可行。或許該說不愧是獅子王機關的三聖，吹噓其為日本最強攻魔師絕不算誇張。

「抱歉，緋沙乃。老身……誤判黑殼的真面目……」

或許是戰況穩定有了餘裕，白奈已換成幕後的人格。

闇白奈是繼承了跨越千年以上的記憶及靈力，藉此提升力量的一族後裔。她們這種類似天生受到詛咒的形貌，要說與不老不死的吸血鬼相像也不為過。

白奈體內的古老人格像在自嘲似的，有氣無力地笑了。

「那丫頭……羽波唯里說的沒錯。黑殼並非封印，那東西在利用我們。藉由從獻祭的巫女身上汲取知識，等待時機成熟，好比讓昆蟲授粉的植物。」

「所以說，它求的並非祭品的靈力，而是知識？」

緋沙乃的眉毛微微顫抖。

如果白奈的見解屬實，這次獅子王機關的戰略等於從前提就錯了。而且黑殼中的災厄（東西）得到了用來獻祭的第十二號奧蘿菈具備的知識。就是那些知識讓災厄覺醒的。

「沖山一尉，這地方交給妳。」

「曉巫司要到哪裡？」

沖山毫無感情地反問抄起預備薙刀的緋沙乃。

緋沙乃靜靜望著被寒氣籠罩的神繩湖說：

「蜂蛇不過是災厄的前兆——假如傳承屬實，是不是可以這麼想？換句話說，身為蜂蛇之主的某個人物現在仍潛伏於湖底。」

「妳是說，這群魔獸只是寄生於真正災厄裡的跟班……？」

沖山彷彿難以置信地搖頭。

「怎麼可能……能率領如此大量魔獸的，頂多只有吸血鬼真祖……」

「那麼我們對付的敵人會是足以匹敵吸血鬼真祖的某個人物呢。」

緋沙乃帶著微笑淡然斷言。隨後——

「啊……！」

白奈隨著慘叫聲用力仰起身體。有魔力逆流的跡象。灑下的無數靈絲被震飛，其衝擊讓白奈再度不省人事。

在白茫寒霧當中，一瞬間曾出現巨大的身影。

彷彿災厄獲得了形體的凶惡黑影。

白奈可以隨意操控數千名士兵，反過來說，面對合千人之力也沒辦法打倒的敵人，她就束手無策了。在霧中蠢動的黑影正是那樣的敵人。

「那是……什麼玩意？」

沒有人能回答沖山的疑問，只有災厄的巨大咆哮聲正在撼動凍結的大氣——

3

被純白霧氣包圍的斐川志緒正走在廣闊的冰之平原。

總儲水量超過六千萬噸的神繩湖的廣大湖面已經連對岸都徹底結凍了。

湖水凍結後增加的體積讓湖面隆起有如險峻的冰山，與夾雜冰雪的寒風一同阻擋著志緒的去路。

志緒一面用所剩無幾的咒力禦寒，一面拚命跨越冰層的高低差。此時，傳到她耳裡的是缺乏緊張感的中年男子嗓音。

「喂～～志緒。」

「不、不要那麼親暱地直呼我的名字！」

志緒瞪著彷彿跟得理所當然的牙城，開口罵了他。實在令人火大的是，連志緒大感棘手的結凍湖面，牙城似乎都不太當回事。

「那麼，志緒美眉～～妳想怎樣都好，不過別太逞強啦。妳的咒力也剩得不多了吧？這次要是再遇到那麼一大群怪物襲擊，我們就死定嘍。呃，我說真的。」

「就算這樣，我也不能放著唯里不管吧？說起來，為什麼連你都跟過來了？」

拜託別用「我們」這種像是將兩個人囊括成命運共同體的字眼——志緒真的怒火中燒。

牙城卻不管她怎麼想，開口又說：

「我也非得保護女兒才行啊。再說，我一個人就可以應付大部分狀況。」

「那是什麼意思？你想說我會礙手礙腳嗎？」

不禁惱怒的志緒停下腳步。

牙城笑著一面搖頭一面將手伸進大衣的內側——

「我沒那樣講。不過呢，逞強要挑時間地點。畢竟要是自己先沒命就誰也救不了啦。」

接著，他用忽然抽出的單發式榴彈發射器朝志緒背後猛轟。

原本準備從冰塊死角對志緒下手的鐵灰色魔獸被轟掉腦袋，倒在地上。

傷腦筋——嘆氣的牙城額頭上微微冒著汗水。志緒則壞心眼地抬頭望著他說：

「你還不是消耗得很嚴重的樣子？我不覺得『冥府歸人』的力量會方便到不必付任何代價就可以使用耶。」

「喔，了不起，真是敏銳。妳在關心我嗎？」

「誰、誰要關心你！」

「哎，我們家的老太婆也了解這些事，把我隔離在牢舍八成是為了保留戰力。」

牙城拋開用過的榴彈發射器，天不怕地不怕地笑。

「所以說呢，在我跑來戰場上的時候，那個老太婆其實也被逼急了。就算多少逞強，我也非得將凪沙帶回去才行。」

牙城笑著說這些話的威風模樣一瞬間勾住了志緒的目光。大概是因為這樣才會分神吧，志緒不小心失足，整個人失去平衡。

「呀啊啊啊！」

「噢。」

差點從深陷的冰塊斜坡滑落的志緒被牙城輕而易舉地用一隻右手抱穩了。

「呼～～……沒事吧，志緒美眉？」

「沒事……我沒事啦，放我下來……！」

被扛到牙城肩膀上的志緒手腳亂揮亂踢，用手將她抱得緊緊的牙城卻紋風不動。志緒越掙扎，彼此的身體就貼得越密。

「妳好輕耶。有沒有乖乖吃飯？」

「囉、囉嗦！放開我，性騷擾中年大叔！」

「傷腦筋……看來這連湖底都完全結凍了。」

牙城俯望眼前的一整道冰塊裂隙（Crevasse），然後懶洋洋地吐氣。裂隙深度驚人，有如巨大怪物從中爬出留下的冰隙。

冰隙深度超過四五十公尺，但仍看不見冰塊底部。神緒多水壩所儲的水肯定全部結凍了。是不明人物的魔力讓整座水壩遭到冰封。

「怎麼會……如果不是真祖的眷獸，根本不可能辦到這種事……」

志緒深切體認到自己正在面對規模前所未有的魔導災害，畏懼似的搖了頭。呵——牙城一副事不關己地笑著說：

「真祖的眷獸嗎？既然如此，大概就是那麼回事吧。」

「……曉牙城？」

志緒聽不出牙城話中之意，望著他的臉龐。牙城卻保持沉默，臉色嚴肅地瞪向純白霧氣的深處。

「凪沙……嗎？」

牙城起了戒心似的低聲咕噥，志緒聽到他的聲音以後也發覺了。有個嬌小人影若無其事地走過冰隙，朝志緒他們這邊靠近。

「不，看來不是……」

牙城瞪著那道人影，輕輕地把扛起的志緒放了下來。

朝這裡走近的是個身穿純白巫女裝束的少女。

少女的臉孔與曉凪沙一模一樣，但是髮色不同。像稜鏡一樣隨著光線角度改換顏色的淡金色頭髮，翻騰如火的七彩髮絲。

「什麼人……？」

志緒無意識地發出聲音。白裝束少女用蒼焰般的眼睛望向志緒，驚人魔力的凶惡氣息讓志緒的背脊僵凝發冷。

瞬時間，志緒靠身為攻魔師的直覺發現了。

引發異常結凍現象的，就是這個少女——

「妳醒過來啦，公主大人？」

為了表達自己沒有敵意，牙城張開雙手呼喚對方，態度熟稔得像在跟老友搭話。

「汝是……」

白裝束少女將焰光之瞳轉向牙城。

她露出了充滿絕望，彷彿只差一點就要哭出來的表情。

「記得我嗎，睡美人？」

牙城則溫柔地對著這樣的她笑。

少女晃著虹彩般的金髮，虛弱地搖頭。

「汝為何笑？」她以斷斷續續的聲音回答：「吾沒有話能對汝謝罪……汝懷有的侮蔑、憤懣、詛咒，吾會欣然接受。」

「別誤會嘍，公主。沒有人恨妳，包括我，還有古城那傢伙當然也是。」

牙城語氣堅定地斷言。兩人的對話成立在宛如遊走於細刃之上的危險平衡，在旁的志緒正屏息聆聽。

「凪沙平安嗎？」

在牙城這麼問的時候，少女嘴邊才首度露出笑容，彷彿疼惜著某種寶貝，既虛幻又動人的微笑。

「敦厚巫女的魂魄在此——」

白裝束少女用雙手捧著自己胸口，閉了眼睛。

接著，她像是用盡了力氣當場倒下。

志緒悄悄吐出含在口中的氣息。隨著少女的意識消失，令志緒膽寒的強烈壓迫感逐漸淡去，瀰漫的寒氣似乎也緩和了些許。

「曉牙城……剛才……那是什麼人？」

志緒用極為緊繃的嗓音問。

牙城沒回答志緒的疑問，只是抱起睡著的曉凪沙。

「抱歉，志緒美眉。麻煩妳照顧她好嗎？」

「當然是可以……但你呢？」

志緒蹙起眉頭反問。曉牙城擱下好不容易找回來的女兒打算做什麼讓她感到好奇。志緒內心有股沒來由的強烈不安。

「雖然我想回答由我去幫妳找唯里……不過，妳感覺不到這股氣息嗎？」

「……氣息？」

聽他一說，志緒總算發現了。大氣正微微顫動，凍得硬梆梆的湖面不規則地搖晃著，彷彿有質量龐大之物在遠方作亂的異常震動。

「有什麼東西……在這裡嗎……？」

從霧氣縫隙中一瞬間露出形影的，是有如城塞的漆黑身影。

近似扭曲刀械的廣闊翅膀，相較下連裝甲車都顯得弱不禁風的壯碩四肢，近似凶暴肉食蜥蜴的頭部，銳利獠牙與深紅眼睛。

實際目睹是第一次，其名稱卻人盡皆知的最強魔獸——

「不會吧……」

志緒的嘴唇抽搐似的顫抖。

捲起純白霧氣的漆黑巨龍發出了嘶吼。

4

臉頰的疼痛讓意識醒過來了。有人正粗魯地對淺蔥甩耳光，年幼少女的尖嗓在耳邊不停響起。

「女帝大人！女帝大人……！」

「妳那種稱呼的方式應該改一改啦……」

淺蔥含淚瞪了反覆賞她巴掌的麗迪安，緩緩地抬起頭。

這裡是加裝在超小型有腳戰車背後的副駕駛座內。紅髮少女打開了遍體鱗傷的裝甲艙口，擔心地望著淺蔥的臉。

「女帝大人，原來妳無恙！」

「不，這才不叫無恙。我身上到處都在痛，感覺糟透了。什麼空降裝備嘛，反而害我差一點沒命。」

淺蔥爬出狹窄的副駕駛座，並且頻頻發牢騷。

從高空一千公尺空拋出來的有腳戰車一邊噴燃平衡用的推進器，一邊打開四頂緊急降落傘減緩下降速度，在丹澤山中降落了。不過，順利的部分僅只於此。

頭一個麻煩在於她們降落在氣流紊亂的山區地帶，降落傘被從旁颳來的狂風拖走，讓有腳戰車翻倒，腿部的衝擊吸收結構與著陸用氣囊立時變得無用武之地。

著陸位置是樹木茂密的山林這一點也很糟。有腳戰車像彈珠一樣被樹枝的彈力反彈好幾次，最後跌落深谷。淺蔥記得的部分只到這裡。

「哎，沒想到會降落在溪谷是也。在下要銘記防水結構必須重新評估。然而，身上有高性能的駕駛裝仍屬萬幸吧？」

「欸，所以說，這衣服就是設想過戰車會泡水才設計得像校用泳裝嗎！」

淺蔥低頭看著濕漉漉的駕駛裝，打從心裡感到傻眼地嘀咕。

她們摔在流過谷底的溪流，因此沒有防水功能的駕駛座進水了。碰巧水的深度淺才能得救，否則兩人就溺死了。

不過確實如麗迪安所自豪的，即使泡了水也不太覺得冷。受到那麼強的衝擊，淺蔥身上卻沒有算得上傷勢的傷，大概也是靠這套校用泳裝風格駕駛裝的性能。

話雖如此，在這種谷底按兵不動不曉得能平安多久。寒冬的溪水原本就冷，感覺水位也比剛才要高。

「好啦，狀況怎樣？這輛戰車還能用嗎？」

淺蔥一面整理亂掉的頭髮，一面問回到駕駛座的麗迪安。

這裡是遠離主要道路的深山中的無名溪谷，左右兩旁有高聳的崖壁，並非人類能自力爬上去的地形，即使想求救也收不到訊號才對。假如麗迪安的戰車不能動，淺蔥她們馬上就會加入遇難者的行列。

雖然墜落的衝擊讓戰車到處都故障，但電源似乎有逃過一劫。麗迪安切換回路，叫出維修用的控制介面。

「自我診斷執行中。驅動系統，電裝系統都已完成。只要將損壞的組件切離，恐怕就可以重新啟動是也。儘管各項感應器需要重新調整，但仍在軟體可以修正的範圍是也。」

「ＯＫ，那部分我來處理。」

「不勝感激。那在下要開始重啟系統的程序了。」

淺蔥打開自己的電腦，然後接上有腳戰車的觀測系統。麗迪安的「膝丸」屬於實驗機，可以當場對操控軟體輕鬆做修正。淺蔥和麗迪安在業界都算得上頂級程式設計師，只要兩人聯手，即使要將整套系統重新寫過也花不了多少時間。

「哦……出來了出來了。不愧是『戰車手』……程式碼寫得真漂亮。這樣只需做最少量的修正就行了吧……把這部分的處理並列化能節省系統資源，再添寫自動調校的封包……」

淺蔥短瞬間就找出了有腳戰車的受損部位，並動手構築個別所需的修正程式。雖然花工夫，但這並非多困難的工程。當淺蔥哼著歌敲打鍵盤，工作大約已結束八成的時候——

「唔……」

她忸忸怩怩地雙腳互相摩擦，背脊打了冷顫。

麗迪安便一臉擔心地回頭說：

「別忍尿對身體比較好喔，女帝大人。」

「不是啦！」

淺蔥滿臉通紅地怒罵。

「不是那樣，我總覺得變得亂冷的，這是怎麼回事？」

「聽妳一說確實有古怪是也。雖然暖氣毫無窒礙地運作著……」

「欸……水溫降到冰點以下了！」

淺蔥檢查溫度感應器的數字，嚇得睜大眼睛。

麗迪安的紅色有腳戰車是停在細長溪流的水窪當中，水面開始結凍了。神繩湖流洩的強烈寒氣終於到達這座溪谷了，白霧混入空氣，視野正逐漸惡化。

「糟糕，河開始結凍了！『戰車手』！」

「在下明白！」

麗迪安拋開維修用控制介面，重新啟動有腳戰車。

大概是泡了水的關係，中途熄火好幾次，但主發電機勉強還是啟動了。有腳戰車挖開凍得像冰沙的河面，朝著河岸走去。河川凍結的速度比料想中快，要是淺蔥發現得晚，她們就會跟戰車一起變成冰塊了。

「無論怎樣，看來要盡快離開這座谷底比較好呢。」

「遵命。在下要用鋼索是也。女帝大人，請繫上安全帶。」

「這次真的沒問題吧……？」

淺蔥鑽進副駕駛座，仔細扣好安全帶，順手也關上裝甲艙蓋。雖然艙門在墜落時撞得嚴重變形，關著還是比較安心才對。

『儘管放心。這輛「膝丸」原本就是研發用於市區作戰的機體，設計上也能攀爬垂直的高樓大廈是也。這種程度的懸崖對它只算小兒科。』

「事到如今，妳講的話一點信用也沒有了啦……」

『……唔！』

「才說完就出狀況？這次又怎樣了！」

『發現不明物體（Unknown）！乃魔獸是也！』

「什麼……？」

淺蔥連忙切換外部監視器的影像。純白的寒霧當中，浮現了鐵灰色魔獸的身影。是擊墜淺蔥她們搭的傾轉旋翼機的那種魔獸。敵我距離約兩百公尺，對方還沒發現淺蔥她們。

「剛才那傢伙還在啊？」

『先下手為強！在下要發動奇襲是也！』

麗迪安用剩下的最後一具火箭推進器硬是讓「膝丸」離地。胡亂加速與著陸的衝擊讓有腳戰車的機體嘎吱作響。

『確認啟動。全武裝解鎖。自動射擊管制裝置（Auto Fire Control）……哎呀？』

「等等，『戰車手』！妳等一下！停止開火！」

『……女帝大人？』

淺蔥強行介入系統中斷射擊，讓麗迪安發出了感覺不服氣的聲音。畢竟失去了先制攻擊的珍貴機會，麗迪安會鬧情緒倒也可以理解。

「妳看前面！有民眾！現在開火會射中那個人吧！」

『什麼……！呼嗯……的確，似乎有個跑錯地方的小朋友是也。』

妳也很像跑錯地方的小朋友吧——淺蔥一邊在心裡吐槽一邊將監視器影像放大。路都沒有鋪好的冷清山道上，站著一個約莫十二三歲的年輕少年。

烏黑秀髮與褐色肌膚，還有金色的眼睛。少年的模樣有股奇妙威嚴，與保有稚氣的臉孔並不相襯，看上去有如性情剛烈的年輕雄獅。

少年與魔獸的距離僅有數公尺，若隨便用有腳戰車的武裝攻擊魔獸肯定會波及他。

「為什麼他會一個人在這種地方……？看起來也不像登山客……」

少年並沒有武裝，可是也不顯得害怕。儘管他與鐵灰色魔獸對峙互瞪，臉色仍然從容。

那給人某種詭異的感覺。

話雖如此，總不能放著他不管。

要多少冒點險，衝到少年前面和魔獸打肉搏戰嗎——？

當淺蔥準備這樣告訴麗迪安時，有腳戰車發出了警告聲。偵測雷達出現上空幾乎被蓋滿的反應。

『女帝大人，有新敵人是也！』

「新敵人？還有其他魔獸嗎！」

『看來它們屬於同一群的夥伴是也。』

「什……什麼啊？數量這麼多……！」

淺蔥望著監視器照出的大批敵人，全身失去了血色。飛來的鐵灰色魔獸加起來將近二十隻，這數目單靠一輛受損的有腳戰車實在無法應付。

而且位於它們的降落地點的並非淺蔥和麗迪安，而是毫無防備地站著的少年。

「難道這些傢伙，全都要對付那個男生……？」

淺蔥在憤慨和糾結之下咬牙切齒，非救少年不行的想法還有對死亡的恐懼正在淺蔥心裡互鬥。結果淺蔥的耳邊忽然響起了麗迪安的聲音。

『女帝大人，原諒在下。』

「咦？」

『少年，在下來為你助陣是也！在我們當肉盾的時候撤退吧！』

啞然的淺蔥全身被劇烈的加速度定在座席上。有腳戰車忽然猛衝，跑到了眾多魔獸面前保護少年。

「欸……連勝算都沒有，妳在做什麼！照常識來想，這種情況要先確保退路吧！這樣下去所有人都會白白送命不是嗎！」

淺蔥快言快語的尖叫內容被槍響和爆炸聲掩蓋了。因為麗迪安一口氣發射了有腳戰車的所有武器。

但即使靠那道彈幕的威力也攔不住來勢洶洶的眾魔獸，有腳戰車被大批湧上的魔獸壓垮，機體全身發出哀號。負荷不住的關節冒出火花，裝甲響起被壓扁的恐怖聲音。

『慷慨赴義是武士的光榮。這樣的死法不錯是也。』

「哪有！怎麼看都糟透了吧！話說妳和我根本就不是武士！沒有人是武士！」

有腳戰車迫不得已發射的主砲將一隻魔獸擊落了。然而反擊只能到此為止，累積的損傷讓駕駛座監視器被警告訊息占滿，可當成一線生機依靠的射擊管制裝置也已停止。

「呀啊啊啊啊啊——！」

淺蔥的尖叫混在響起的警報聲中迴盪開來。

這樣的她視野忽然像被人推開似的晃了晃。間隔一瞬間，從旁而來的爆風便撲向了有腳戰車。

正面監視器染上了耀眼的金色光芒。勇猛地露出獠牙的那道閃光，其實是由濃密魔力交

織成的巨大黃金胡狼。

其前肢化作燦爛颶風，掃過了成群的鐵灰色魔獸。

「什、什麼……？」

淺蔥目瞪口呆地望著那虛構般的景象。

讓最新銳有腳戰車苦戰的大群怪物逐漸被黃金巨獸極輕易地驅逐了。燦然發光的野獸真面目是透過魔力具現成形的異界召喚獸——亦即吸血鬼的眷獸。

「真受不了……開著那種廢鐵亂竄，還跑到我面前獻醜？你們這些人類未免也太不知禮數了。」

率領黃金胡狼的少年瞪著受損的有腳戰車說。他嘴邊微微浮現有些痛快的苦笑。

「不過也罷。雖然欠缺思慮，單就妳們打算挺身保護我的氣概倒可以誇獎。」

少年輕揮手臂，命令黃金胡狼攻擊。

等淺蔥察覺那些時一切都已經結束了。金色閃光穿過天空，將大批魔獸碾得片甲不留。

「吸血鬼的……眷獸？這是什麼荒謬的力量……！」

淺蔥在已經不會動的有腳戰車裡茫然嘀咕。

對從小在「魔族特區」長大的淺蔥來說，吸血鬼並沒有特別稀奇，她也曾多次目睹真正的眷獸。正因如此，淺蔥很明白少年操縱的眷獸有多麼異類。那匹黃金胡狼明顯和普通的吸血鬼眷獸等級不同。

就淺蔥所知，能駕馭此等眷獸的吸血鬼只有迪米特列．瓦特拉、嘉妲．庫寇坎以及「第四真祖」曉古城。

換言之，這個少年擁有匹敵真祖的力量。

「壯士……你那模樣，莫非是高加索的……」

爬出戰車艙口的麗迪安睜大眼睛望著少年。

少年不耐煩地皺著臉回眸一望——

「沒想到在這遠東的僻境，會有人認得我的臉。」

口氣則好似大嘆失策。

「高加索……難道是『破滅王朝』的……！」

淺蔥驚覺而抬頭。高加索地方是統領中東的魔族自治領地「破滅王朝」的支配區域，當中力量能匹敵真祖的吸血鬼實在有限。

何況對方還擁有年歲尚幼的少年樣貌，能想到的吻合人物唯有一人——

「正是，我名為易卜利斯貝爾．亞吉茲——血承第二真祖『滅絕之瞳（Forgazer）』的嫡系吸血鬼，亦為『破滅王朝』北方八州的統治者。好好記著。」

少年無奈似的搖頭，並駕輕就熟地報上了名號。

5

「——哈啾！」

羽波唯里被自己的噴嚏喚醒了。她全身冷透，仰臥的身體上積著一層薄雪。

「我……還活著……」

再次打噴嚏的唯里站了起來，戰戰兢兢地環顧周遭的狀況。

她人在神繩湖中央，原本有用來舉行封印黑殼儀式的水上祭壇漂浮著的位置。

然而支撐祭壇的小船已經碎散，圍在祭壇四周的注連繩和供品也被震飛而形影不留。在場的所有東西都遭到湖中噴湧的龐大魔力直擊。

「那股力量是什麼……假如沒有改良型六式降魔劍，我絕對已經死了。」

對死亡的恐懼鮮明復甦，讓唯里肩膀發抖。

祭壇上平安無事的，只有唯里用劍勉強掃過的範圍以及她的背後——

唯里從獅子王機關得到的改良型六式降魔劍是可以模擬出空間斷層的裝備。雖然效果只有一瞬，劍身製造的空間斷層會成為抵擋一切攻擊的絕對屏障。因為有那道屏障，受龐大魔力直擊的唯里才能毫髮無傷。

曉緋沙乃命令唯里保護曉凪沙的判斷以結果而言是正確的。

「咦……凪沙呢！」

唯里猛一回神，驚慌失措地環顧祭壇的殘骸。

被當成儀式的重要關鍵而供奉在祭壇的，正是曉凪沙的肉體。既然唯里活著，她守護的曉凪沙當然也平安無事才對。

實際上，用來供奉凪沙的臥鋪沒有壞，仍保留著原形。儘管如此，曉凪沙卻不見了。在唯里失去意識的期間，凪沙不知道去了哪裡。

「不在！為什麼？她跑去哪裡了……？」

忍不住泛淚的唯里搜索著凪沙的蹤跡。

祭壇四周是廣闊的冰原，湖底爆發的龐大魔力讓整座人造湖結凍了。濃霧造成視野惡劣，身為劍巫的唯里似乎靠靈視也找不到曉凪沙。

「對、對了，有無線電。」

唯里從大衣口袋裡拿出大台的無線電。那是她執行祭壇的護衛任務之前，向自衛隊借來的。儘管唯里對不熟悉的機械感到疑惑，還是照著所學的步驟按下開關。然而，從喇叭只傳出了沙沙的刺耳噪音。

「為什麼……為什麼接不通……！」

無力地杵著的唯里用快要聽不見的音量嘀咕。

或許是魔力爆發的影響，籠罩湖面的霧氣帶有強烈魔力，無法使用式神探查。即使沒有那層阻礙，唯里本來就不擅長遙控類的咒術。她不得不巴望這種時候要是有志緒在多好。

「好冷……」

在吹拂而來的寒風下，唯里忍不住叫苦。

無論如何，照目前的狀況，憑唯里一個人不可能找出曉凪沙。沒辦法盡到護衛的職責雖然遺憾，但比起她本身的自尊心及評價，找回曉凪沙更加要緊。現在應該先回自衛隊的作戰本部尋求救援才對。

視野依舊惡劣，不過唯里靠著直覺認出了作戰本部的方向。由於湖面結凍，移動變得輕鬆也是事實。結冰的立足點難走歸難走，唯里仍徒步走向岸邊。前進約三百公尺以後，總算可以看見陸地了。

水壩的堤防是以混凝土構成的平緩斜坡，自衛隊的地面部隊為應付緊急狀況，在那裡應該有布署兵力。特殊攻魔部隊的一支小隊，近四十名隊員的戰力。

然而唯里透過濃霧看見的，卻是輪式裝甲車遭摧毀的殘骸及眾多傷患倒在地上的身影。

「不會吧……」

唯里揪住大衣的袖口，聲音發抖。她不清楚部隊損害的規模，可是看起來幾乎呈潰滅狀態。正因為她拚命走來尋求救援，受到的打擊才更大。事態似乎遠比唯里想的還要嚴重。

而且——

「魔獸！」

唯里從霧中察覺有異樣的翅膀聲，連忙擺出架勢。

襲擊自衛隊的是沒看過的怪物。身上覆有鐵灰色鱗片，宛如將蜂與蛇摻在一塊的魔獸。或許那就是白奈等人稱為蜂蛇的物種。其中一隻張開獠牙朝唯里飛了過來。

蜂蛇散發的氣息有種人工味，和唯里所知的魔獸不同。因此她的反應慢了半拍，來不及從背後抽出改良型六式降魔劍。

「——伏雷！」

伴隨異響飛來的魔獸被唯里用右腳踹中頭部。那是蘊含渾身咒力的一擊。

但是，唯里的攻擊對蜂蛇的甲殼不管用，被反作用力彈開的是她。

「好硬……！要打倒這類敵人，我記得要從內側……！」

設法重整態勢的唯里鑽到蜂蛇跟前。

唯里腦海裡想起了一個學妹，內部破壞是她的拿手招式。唯里看過好幾次外貌嬌弱的她打倒頑強獸人族的模樣。

唯里對學妹那副模樣感到憧憬，自己也反覆進行特訓。雖然這是她首次在實戰發招——

「——撼響吧！」

唯里灌入的必殺咒力在魔獸體內炸開了。鐵灰色蜂蛇的龐大身軀發抖似的停住。

「有效了！既然如此——！」

趁魔獸停下的短瞬空檔，唯里抽出改良型六式降魔劍。

此時戰鬥已經形同結束，沒有魔獸擋得住可以連空間一併斬開的改良型六式降魔劍。接著只剩舉劍揮下，就可以確實將蜂蛇劈成兩半。

「……！」

然而，唯里卻維持在冰原著地的姿勢停住了。

新的一群蜂蛇陸續殺向唯里，像是在支援負傷的伙伴。數目應該超過七十……不，八十隻，彷彿整片天空都染上了鐵灰色。

「不會吧，數量這麼多……我打不過……絕對打不過……！」

就連唯里也怕得無法動彈。再怎麼說，敵人的數量實在太多。堤防上的特殊攻魔部隊會陷入潰滅狀態，肯定就是這支魔獸大軍逼的。

「雖然……我打不過……！」

在剛才的攻防中，唯里已經能掌握鐵灰色魔獸的戰鬥力了。雖然敵人並沒有強到超乎尋常，但還是足以讓獅子王機關的劍巫感到棘手。何況它們會群起而攻，即使唯里裝備著改良型六式降魔劍也無法隻身對付那麼多魔獸。

話雖如此，唯里沒有逃走的選擇。要是蜂蛇突破自衛隊的包圍跑到市區，將無法想像普通民眾會受到多大的損害。

在演變成那樣以前，唯里現在要盡可能多消滅那些蜂蛇才行。

她靜靜調整呼吸，並懷著悲壯的決心瞪向大群魔獸。

蜂蛇卻沒有朝唯里發動襲擊。

它們的隊伍突然亂了腳步，還畏懼似的轉身背對唯里，看上去有如害怕野狼接近的羊群。眾魔獸發出畏懼的嚎聲，逃亡般飛走了。唯里手持銀色長劍，茫然望著那一幕。

「逃……逃走了？為什麼？」

過度緊張的唯里獲得解脫，當場癱軟在地。冰塊的寒冷隔著褲襪滲透到大腿，但她沒有心思在意那些。

似乎有意外的東西在癱坐的唯里視野一隅動了，她幾乎是無意識地回頭。於是下個瞬間，唯里瞪大了眼睛。

「咦！」

有個少女站在寒冷的純白濃霧裡。

那個比唯里更嬌小的女孩子蹦蹦跳跳地靠近過來。帶著親切微笑的可愛少女，濃灰色頭髮長得長長的直到腳踝。

還有，最讓唯里心生動搖的是少女身上一絲不掛，而且她自己並不顯得在意。

「妳……怎麼……怎麼會沒穿衣服……？」

唯里指著少女問，擔心勝過她對少女的戒心。唯里怕她在這種氣溫下全裸會凍死。

長髮少女望著唯里訝異的臉，眨了眨眼睛，可愛地偏頭發出聲音：「咪？」

「……咪？」

唯里不自覺地跟著應聲。少女看了她的反應，開心似的張大眼睛。少女的眼睛也是宛如迷人黑膽石(Hematite)的鐵灰色。

「對了，總之妳先穿這個！大衣！」

唯里脫下自己的大衣披到少女的肩膀。雖然那是下襬較短的雙排釦短大衣，尺寸對她來說還是稍大，遮得到膝蓋以上。

「噢噢～～」

少女似乎很中意留有唯里餘溫的大衣。她抓著鬆垮垮的袖口，開心地上下揮舞雙手。

「因為沒有鞋子，我來揹妳。上來吧。」

唯里說著背對少女。少女赤腳站在冰原上的模樣讓唯里痛心得看不下去。

「揹……？」

少女大概是聽不懂字意，納悶地朝唯里望了半晌。但是，她不久就察覺了唯里的意思，先是高高舉起雙手，然後使勁地朝半蹲的唯里身上跳了上去。

「揹揹！」

「哇！」

「揹揹，揹揹！」

唯里搖搖晃晃地揹著少女站直，少女則在唯里背上興高采烈地喧鬧。唯里一面被少女鬧得團團轉，一面蹣跚地踏出步伐。

「這個女生是怎麼回事啊……幫幫我，志緒……！」

快要哭出來的唯里背後有心情大好的少女。唯里拖著銀色長劍，走向一開始當成目的地的堤防。

堤防上的情況比想像中更糟。

被蜂蛇摧毀的裝甲車大刺刺地翻倒在地上，模樣悽慘。冷透的地面上躺著眾多傷患，空氣中充斥血與硝煙味。

不過，救護部隊已經趕到這一點讓唯里安心了些。醫護兵科的隊員正在進行急救，並且將傷患們搬運到野戰救護車。

在那種狀況下，有個穿道袍的女性走到歸隊的唯里這裡。那是手持薙刀的白髮老嫗。
「原來妳平安無事，羽波唯里。」
「緋沙乃大人！」
唯里揹著神祕少女，對語氣冷靜的緋沙乃行禮。唯里～唯里──背後的少女開始嚷嚷，唯里不禁臉紅。
「呃……緋沙乃大人，對不起。我沒有顧好凪沙小姐……！」
「我明白。妳做的很好。」
「她是？」
緋沙乃溫和地這麼告訴自責的唯里。接著，緋沙乃用納悶的目光看向唯里背後的少女。
「咦？那個……我也不清楚。我是在剛才發現她才加以保護的……」
唯里支支吾吾地解釋。雖然當時情況確實不能擱著少女不管，但如果被質疑：「現在是忙這些的時候嗎？」唯里也無法反駁。
然而，緋沙乃無意責備唯里。表情彷彿在思索什麼的她正望著少女的鐵灰色眼睛。少女有些害怕似的躲到了唯里背後。
「她似乎跟妳很親，羽波唯里。」
「是、是啊，似乎是這樣。到底為什麼會這樣呢……？」

唯里懷著接近自問自答的心態回話。

呼嗯——緋沙乃吐了口氣，又說：

「羽波唯里，自衛隊的傷患交由妳保護。妳就帶著那個女孩撤退到御殿場。我也會對白奈這樣交代。」

「撤退？」

唯里困惑地反問。雖說唯里是隸屬於獅子王機關的劍巫，但她目前處在被出借給神緒多神社的立場。如果緋沙乃命令她撤退，她只能乖乖從命，可是——

「可是，搜索凪沙小姐的工作……」

「那由我來做。」

緋沙乃劃清界線似的說。接著，她忽然用嚴肅的眼光望著唯里。

「重要的是，妳千萬別把視線從這女孩身上移開——拜託妳了。」

「好、好的。」

唯里懾於緋沙乃的魄力，搞不清楚狀況地點了頭。

鐵灰色頭髮的少女則貼在唯里背後，用開朗的聲音叫著：

「唯里～～……唯里～～……！」

幕間 ii

「淺蔥來這附近了？」

充滿白色熱氣的澡堂內響起了曉古城驚慌的聲音。

位於箱根山中，高級旅館內的溫泉大澡堂。由於瓦特拉將整棟旅館包下來，在澡堂的只有古城。看似自言自語的他其實正在跟防水款改造手機畫面上的醜吉祥物對話。那是摩怪。

「難道她是來找凪沙的？那傢伙之前完全沒提過要來耶。」

『小姐八成是想偷偷主張自己幫得上忙啦。』

摩怪帶有人味地格格笑著說。

『哎，另外就是自尊方面的問題吧。駭客的性子就是只要看別人有事情隱瞞，無論如何都會想揭穿。』

「啊……原來是這樣。」

與淺蔥搭檔的人工智慧講話亂有說服力，讓古城聽得心服口服。

由於獅子王機關不用電腦的傳統主義以及自衛隊封鎖情報，即使憑淺蔥的駭客能力，結果還是無法查出凪沙失蹤的原因。那大概傷到了淺蔥的自尊心，所以她為了一雪前恥才會專程渡海來日本本土。

「……好啦，你講的淺蔥目前人在哪裡幹嘛？」

古城泡在寬廣的浴池裡問。

他自己的手機在跟「寂靜破除者」交手時碰碰撞撞搞壞了，因此向淺蔥借來的這支改造手機是古城目前僅剩的通訊手段。

話雖如此，由於其運算能力大部分都被摩怪占據，要當成普通手機來用其實完全無法期待效能。在功能如此侷限的改造手機小小螢幕上，人工智慧的化身誇張地搖搖頭說：

『那我就不太清楚了。我擱在小姐那邊的分身從剛才就斷了聯絡，情報沒辦法同步。』

「你說斷了聯絡……喂，那樣不要緊嗎？」

摩怪帶來的不安情報讓古城忍不住皺起臉。

『也有可能是小姐目前單純位於收不到訊號的地方，不過她們搭的運輸機從雷達上消失，說來是令人在意。或許只是她們降落到地面了吧。』

「我才在想終於跟凪沙聯絡上，怎麼這次又換淺蔥失蹤啦……真是的，饒了我吧……」

古城用毛巾蓋著眼睛並且嘆氣。

凪沙有留言在古城手機的語音信箱——那是摩怪告訴古城的。雖然說會擅自檢查別人手機語音信箱的人工智慧好像在道德方面有不少問題，總之摩怪這次算是幫了忙。

凪沙的留言跟平常一樣講得又嘮叨又快，光想聽懂就頗費勁，不過內容本身倒很簡單。她提到自己一抵達祖母在的神緒多神社就病倒了。

由於神社在手機的收訊範圍外，一直沒能跟古城聯絡。

重要的內容只有這些，剩下就是收垃圾的日子隨年末年初假期有所調整之類，都是些無關緊要的聯絡事項。坦白講，古城無法否認有白折騰一場的感覺。

好幾次差點落得沒命的古城等人會跑來日本本土，起因原本就在於凪沙斷了聯繫。事到如今聽她說自己沒事，古城還是無法釋懷。再說自衛隊與獅子王機關展開神祕作戰行動的理由至今仍然不明。

即使如此，古城之所以會悠哉地泡溫泉，大部分還是因為得知凪沙平安之後，心裡有了餘裕。

此外，古城等人也有無法離開這間旅館的實際理由。落海以後變得黏答答的制服正在清洗，因此就算想外出也沒東西穿。古城悠悠哉哉地在溫泉裡放鬆，同時也枯等著送洗的制服回來。

『哎，淺蔥小姐和那個戰車小妞在一起，所以我想不用太擔心。除非她們搭的運輸機遭到擊墜，還在深山中碰到魔獸襲擊。』

摩怪不負責任地一邊格格笑著，一邊講出亂逼真的比喻。

「你說的戰車小妞……是那個叫麗迪安的女生吧。難道她真的跟戰車一起來本土了？」

把那種玩意開到絃神島外面不要緊嗎？儘管事不關己，古城還是擔心了起來。

話雖如此，摩怪說的也有道理。淺蔥她們坐在專門對付魔族的有腳戰車裡，感覺不太會遇到危險。

「……算啦。既然淺蔥也在找凪沙，我們遲早會跟她會合吧。」

『也對。』

摩怪和氣地表達同意。

『所以嘍，小哥，想在溫泉裡享受青春要趁現在。』

「哪有什麼享不享受，再泡下去，我都快昏了。」

『咯咯……別裝蒜，你很好奇女湯的狀況吧？需要的話，驅趕入侵者的人類感應器還有職員通道的電子鎖，我都可以幫你處理喔。』

「不。那我不需要。」

古城毫不猶豫地拒絕了摩怪纏人的誘惑。

「我就是不想碰見深洋少女組那些人才逃到男湯的，犯不著還跑去偷看她們吧？還有那根本就是犯罪嘛。」

那五人組本來就會找理由藉故勾引古城。要是哪天誤闖女湯，還被她們看見，誰知道會有什麼下場。

可是摩怪卻死纏不休地說：

『——好啦，古城小哥，結果哪個女生才合你胃口？身為戀妹控，還是喜歡年紀最小穿黃色的那個女生吧？』

「你叫誰戀妹控！」

當古城忍不住想把笑著挖苦的人工智慧浸到溫泉裡時，大澡堂的門傳來「喀啦喀啦」被人拉開的聲音。在白色蒸氣籠罩下，有一道苗條的身影進來了。

「——你們聊的話題挺有趣的嘛。」

回過頭的古城耳裡聽見了含有些許笑意的嗓音。完全鬆懈的他差點被冷不防地嚇得心臟麻痺。

「妃、妃崎？妳怎麼……妳從哪裡進來的……！」

「我普普通通地從入口進來的啊。」

身上只圍著浴巾的妃崎霧葉撥開沾在臉上的頭髮，對古城妖豔地笑了。

「別擔心。我有事先布下驅人的結界，別人不會進來打擾。」

「我擔心的不是那個！妳來幹嘛！」

「我是想和你一塊洗個澡。這就叫……袒裎相見？」
「不是啦，那樣不行吧！」
古城明知自己正被對方耍著玩，心裡卻真的慌了。
最詭異的一點在於霧葉目的不明。照她的個性，應該不會像這樣拿自己的身體來搏。
「不要緊，我進池子裡的時候會將浴巾拿掉。這是泡溫泉的禮節啊。」
「要講禮節的話，妳根本就不應該闖進男湯啦！」
「春光來嘍。」
霧葉一臉愉快地望著瞪過來的古城，然後掀起浴巾的下襬。她的大腿根部露了出來，讓古城忍不住猛咳。
「實際操作時，還是會覺得不好意思呢。」
或許霧葉也有鬧過頭的自覺，她紅著臉露出了苦笑。
古城帶著累透了的表情趴在浴池邊緣說：
「既然這樣妳就出去啦。不用勉強。」
「也對。就聽你的嘍……才怪，將將～」
自己幫自己配音效的霧葉忽然拿掉了浴巾。
「白、白痴，妳在想什麼……！」

霧葉像模特兒一樣擺出姿勢，讓僵住的古城兩隻眼睛都被吸了過去。可是——

「泳……泳裝？」

霧葉在浴巾底下穿了無肩帶的黑色比基尼。雖然布料面積比內衣小，但奇妙的是完全不會讓人覺得煽情。

「我跟剛才那幾個女生借來的。很遺憾嗎？很遺憾嗎？」

「不會……也許妳覺得這樣穿無妨，但我光溜溜的事實仍然不變……喂，妳別看啦！」

霧葉明目張膽地走進浴池，在古城旁邊坐了下來。古城面對她朝著自己下半身投來的視線，連忙伸手想遮。

霧葉觀察著古城這些舉動，同情似的嘆了氣。

「看來，你右手的感覺還沒恢復。」

「……差不多。」

霧葉隨口點破古城的身體狀況，讓他在咂嘴間聳了聳肩。

古城的右手在外表上已經完全痊癒，可是手腕以下的部分依舊沒感覺，從手心到手背還留著魔法符文般的奇特傷痕。

「這是用來製造結界的術式……恐怕是『寂靜破除者』搞的鬼。她本來想運用七式突擊降魔機槍的神格振動波將你封印，而不是當場將你誅滅，懂嗎？」

「封印嗎……原來如此。」

古城一邊聽霧葉說明一邊摸了刻印在右手的傷痕。雖然這次碰巧只有右手受創，但如果是在最糟的狀況下，古城可能全身都會遭到封印。因為閑古詠要達成不讓古城離開絃神島的目的，那樣做是最確實的。

「所以，這道封印要怎麼樣才能解除？」

「誰曉得。總之，要不要吸我的血試試看？我會幫你瞞著姬柊雪菜喔。」

苦笑的霧葉淡然回了一句，然後將細細的頸子對著古城。

然而，古城卻眼神狐疑地瞪著露出溫順表情的霧葉說：

「呃，妳騙人的吧。妳壓根兒就是想打小報告。」

「哎呀，真令人吃驚……你是怎麼曉得的呢？」

「我才覺得奇怪，妳為什麼認為我會信任妳？」

古城傻眼地朝訝異似的瞪圓眼睛的霧葉嘀咕。

像在表達關心的霧葉則悄悄地垂下目光說：

「不過右手變成這樣，你晚上要取悅自己不方便吧？明明身為男生……」

「妳吵死了！」

「……哎，小開黃腔讓彼此拉近距離以後，來談正事吧。」

「呃，我並沒有跟妳拉近距離。」

而且我反而更受不了妳了——如此表示的古城綳著臉。他實在抓不到跟霧葉講話的步調。於是——

「我是來跟你道別的喔，曉古城。」

「啥？」

「太史局在找我。我得盡六刃神官原本的職責。」

霧葉一下子改用乾脆爽快的語氣說話。

她的態度忽然改變，讓古城有些失措地問：

「六刃神官的職責是……？」

「制伏魔獸。」

霧葉一臉自豪地挺胸。

相較於任務以對付魔族為主的獅子王機關劍巫，擔任六刃神官的霧葉等人則是專門捕獲或抹殺凶暴的魔獸。對霧葉來說，和古城他們聯手算是非常態的工作。

「我要去替自衛隊斷後，掃蕩在神繩湖附近出現的大群魔獸。這件事情，我覺得姑且該跟你說一聲。」

「神繩湖……有魔獸出現？」

古城的聲音冷了下來。他才剛接到通知說除了凪沙以外，連淺蔥都到神繩湖這一帶了。
手機喇叭冒出人工智慧的格格笑聲。
「很遺憾，我能透露的僅只如此。看來獅子王機關的盤算落空了。還是說，這種結果正如他們所願呢……？」
霧葉自問自答般嘀咕。
接著，身上滴著透明溫泉的她起身說：
「曉古城，如果彼此還能活命，我們再見面吧。希望到時候可以真的與你袒裎相見。」
「等等，妃崎！什麼意思？神繩湖到底出了什麼狀——」
古城立刻朝打算離去的霧葉背後伸出手。
就在隨後，澡堂的門被人粗魯地打開，另一名入侵者出現了。
「——妃崎！妳為什麼會在男湯！這道驅人的結界究竟是什麼回事！」
穿浴衣的姬柊雪菜臉色驟變，衝進男澡堂。
雪菜大概是強行打破了霧葉的結界，她手裡握著「雪霞狼」。跟在雪菜後頭魚貫成行的則是穿著和風女僕裝的深洋少女組一群人。
「姬、姬柊……？」
抓著霧葉上臂的古城愣在原地，發出沙啞的嘀咕聲。

當然，他目前像剛出生一樣赤身裸體。

「咦……？」

將眼睛睜得特別大的雪菜僵住不動，與古城沉默地互望。

穿泳裝的霧葉裝成一副什麼都不知道的樣子把眼睛轉開；深洋少女組一群人「呀啊～」地發出歡呼；保持沉默的雪菜則是轉身背對古城。

雪菜快步走回更衣間關上門，還恨恨地對古城瞟了一眼。

「不……不要緊……沒有關係……我是學長的監視者，對這種程度的性騷擾已經見怪不怪了……因為我知道學長就是這樣的吸血鬼（人）……」

整張臉紅到耳根子的雪菜鄙視地對古城說完以後就衝到外面了。

「哎呀呀。」

她好像受了不小的打擊呢——霧葉留下彷彿事不關己的一句話便直接離開了。

澡堂裡頭獨留來不及發牢騷的古城。

「為什麼會這樣——！」

他一面詛咒不講理的命運一面自顧自地大叫。

第三章 咎神騎士

Knight Of Sinful God

1

與中東「破滅王朝」血脈相連，身為第二世代純血吸血鬼的易卜利斯貝爾・亞吉茲滿臉狐疑地瞪著裝在白色碗狀容器裡的速食麵。

他似乎不太能相信有光是倒進熱水等待就能完成的料理存在。

「直接用這個容器吃嗎？」

王子一邊窺伺淺蔥及麗迪安的模樣，一邊怯生生地用不熟悉的免洗筷將麵送進嘴裡，儘管有獨特香味的湯頭曾讓易卜利斯貝爾臉上露出警戒之色——

「唔，味道不錯……」

嘛嘛作響地吸了一口麵條的他訝異得睜大眼睛。

堆放在有腳戰車裡的廉價應急食品味道似乎意外合王子的胃口。

「好吃吧。海拔高會讓沸點下降，所以訣竅是要有耐心，放久一點再吃。」

對熱水溫度、烹調時間等細節亂講究的淺蔥一臉得意地說。相對的，麗迪安這邊——

「在下明明對負責維修的人員講過那麼多次，自己愛吃的是味噌口味。」

她則是一邊嘀嘀咕咕地小聲抱怨一邊啜飲海鮮湯底的醬油湯頭。麗迪安難得露出與年紀相符的稚幼態度，讓淺蔥偷偷地苦笑說：

「對了，殿下，你吃大蒜不要緊嗎？有很多吸血鬼討厭大蒜的臭味吧？」

「那是『戰王領域』那些軟弱蟲才怕吧。在我們王朝鮮少有人會介意。還有，妳就叫我易卜利斯無妨。」

「那麼易卜利斯，這裡的巧克力也請你嚐嚐吧。還有飲料，雖然是沖泡式的。」

「也請品嚐在下的羊羹，尤其推薦這種抹茶口味的是也。」

淺蔥與麗迪安把應急食品通通攤在塑膠墊上面，互相搶著吃東西。易卜利斯貝爾覺得不可思議地朝那幅光景看了一會——

「麗迪安，還有淺蔥對吧……妳們還真是奇怪。」

「咦？會嗎？」

不滿的淺蔥毫不掩飾地回望易卜利斯貝爾。被吸血鬼王子當成怪人似乎讓她很不服氣。

「先聲明喔，我並不是自己喜歡才穿這套怪衣服的，單純是她硬要我穿上。」

「妳們這種沒有女人味的小鬼頭要穿什麼衣服，我打從心裡覺得無所謂。」

「唔……！」

易卜利斯貝爾冷冷一句讓淺蔥惱火得表情僵硬。

實際上，易卜利斯貝爾只有外表年幼，真正的年齡理應超過幾百歲。若考慮到這一點，他會把淺蔥她們當成小朋友倒也在所難免——

「只不過，和我照面以後很少有人既不巴結也不畏懼。」

態度彷彿有些困惑的王子又繼續說：

「話雖如此，我也不認為妳們習有足以與我抗衡的魔法。我只是有點好奇，妳們在打什麼主意？」

「我不太明白你在講什麼。」

淺蔥偏著頭說：

「你又沒有加害我們的意思，那我們就沒有理由怕你吧？」

「即使我是血承真祖的嫡系吸血鬼？」

易卜利斯貝爾不愉快地用金色眼睛對著淺蔥。

啊，我懂你的意思了——淺蔥聳聳肩說：

「這個嘛，我是在絃神島長大的啊。」

「原來如此……妳是『魔族特區』的人。」

這次換王子會意了。易卜利斯貝爾那樣的反應讓淺蔥「哦」地表示興趣。

「你知道絃神島？」

「之前造訪過一次，這次也路經機場。」

這樣啊——淺蔥有些開心地點頭。在日本國內，只有絃神島的中央機場有直達魔族自治領地的班機，要從「破滅王朝」走空路到日本，當然也會先經過絃神島。

「因為我從小就跟吸血鬼正常相處，現在要怕也很奇怪。畢竟人類跟其他魔族一樣，都有許多好人以及非善類啊。」

「與王子相識雖是頭一遭，但在下身邊也有認識的王室成員或真祖，性質類似是也。」

同樣久住絃神島的麗迪安也贊同。

就是啊——淺蔥附和：

「啊，對了。易卜利斯，既然你是經由絃神島來的，那回程也會經過嘍？」

「或許吧……不過，那又如何？」

淺蔥唐突的問題讓易卜利斯貝爾露出納悶的表情。於是淺蔥用亂亢奮的眼神盯著易卜利斯貝爾說：

「要是這樣，國際線航站大樓的鬥將軒值得一去喔，雖然絃神麵店的濃厚豬背脂拉麵也難以捨棄就是了。最近的速食麵味道是不差，可是正牌拉麵也有正牌的好。」

不，等等，也可以試試太平洋沾麵——淺蔥認真煩惱起這些。易卜利斯貝爾皺著眉頭，啞然望著她那模樣。

「妳果然很奇怪。」

不久後，「破滅王朝」的王子像是忍俊不禁地笑了出來。那副開朗笑容要是讓知道他平時模樣的部下們看見，難保不會導致驚慌。

然而，淺蔥當然不明白那些。

「咦，我該不會讓你傻眼了吧……？」

易卜利斯貝爾和不滿地撇嘴的淺蔥形成對比，臉上始終笑個不停。

2

「欸，剛才的魔獸是什麼來路？」

杵在冰原中央的斐川志緒對曉牙城提出質疑。

當執行任務的舞威媛向身為區區一介民眾的牙城求助已經是失態之舉，但目前並不是在意面子的時候。

「魔獸嗎……假如那真的只是魔獸倒還好……」

然而，牙城卻用煩惱無比的表情回答。之前一直莫名從容的他露出軟弱反應，令志緒更加不安了。

因此志緒有些惱羞成怒地問：

「什麼意思？」

「意思是，這座遺跡說不定藏了大獎。我們家的老太婆說這塊土地埋藏著災厄，或許並不是胡謅。」

「災厄……難道就是指剛才的龍族……？」

志緒回想起在霧中短瞬目睹的漆黑巨大身影並且壓低聲音。

身為攻魔師的志緒對真正的龍族也幾乎一無所知。據說龍族只在南美的「混沌境域」及暗黑大陸（Africa）的內地還有少數存活，也有說法認為牠們已經絕種，但是實情不得而知。龍族的智慧時而高過人類，屬於位在魔族及魔獸邊界上的種族，同時也以凌駕舊世代吸血鬼的戰鬥力而為人所知。

要是龍族出現在這塊神緒多地區，光靠獅子王機關以及自衛隊的包圍網想必攔不住。那確實夠格冠上災厄之名。

可是，牙城對志緒嘀咕的內容淡然搖頭。

「不，那傢伙大概不是。」

「咦？」

「龍這玩意，應該算『守護者』。」

「守護……者……？」

講話含糊的牙城像是在避重就輕，使志緒用困惑的眼光對著他。牙城則重新面對志緒，還擺出平時那副可疑的笑容。

「總之我們先調頭回去吧。無論如何，制伏怪獸都不在我們的擅長範圍內。」

「說的也是……嗯……」

志緒坦然接受了牙城的提議。雖然她並沒有聽信牙城閃爍其詞的說明，但是曉凪沙不醒人事的狀態還是令人擔心。

被寒霧籠罩的湖面上氣溫明顯低於零度，要是她繼續毫無防備地沉睡，最糟的情況下會有失溫凍死的危險。

「霧開始散了嗎……」

當志緒一行人開始往距離最近的湖岸走之後，牙城便不悅地嘀咕。

他揹著沉睡的愛女停下腳步，緩緩環顧四周。

確實如牙城所說，原本籠罩著湖泊周圍的霧氣感覺稍微變薄了。

儘管遠方的景色還蒙著一片白茫，肉眼已能隱約看見湖泊對岸。牙城對此微微哼了一聲，像是不滿意地說：

「忽然變安靜啦……氣氛不太妙。」

「自稱」考古學者的男子瞪著隆起的冰丘如此嘀咕。

他看著冰面上深深殘留的不規則痕跡。

被無數裂痕所覆的斜面上到處留有零星的鐵灰色痕漬。志緒發現那不是單純的痕漬，而是魔獸遭大卸八塊的屍骸，便悄悄地吞了一口氣。

「這到底……是誰下的手……？」

魔獸的屍骸不只一兩具，有四五十具或者更多——大群鐵灰色怪物正受到單方面虐殺。之前它們躲在霧氣中所以無法發現，但可以懷疑的是大部分存活下來的魔獸可能都聚集到這裡了。而且，它們在跟不明人士交戰後全軍覆沒。

在冰丘斜面中間一帶則有小小的身影杵在那裡。

穿道袍的白髮女性，手裡握著離鞘的薙刀。

「緋沙乃大人！」

志緒的驚呼聲大概是傳了過去，曉緋沙乃緩緩地轉身。

即使看見志緒背後的牙城，緋沙乃也沒有多驚訝，只是看似疲倦地冒出嘆息。

「斐川志緒……妳救了凪沙呢。我要向妳致謝。」

「不，哪的話，我什麼也沒……」

志緒連忙對開口表示感謝的緋沙乃搖頭。事實上，除了幫忙保護昏迷的凪沙以外，她什麼也沒做。

「唷，老太婆。這些傢伙全是妳解決的嗎？」

牙城粗裡粗氣地問。緋沙乃冷冷地回望兒子，然後將薙刀亮到牙城面前，像是在展示刀身沒沾到血。

「那怎麼可能。我也是剛剛才發現這裡。」

「感覺也不像自衛隊下的手吶。」

牙城邊說邊用鞋尖將魔獸的屍骸踢著滾。

鐵灰色魔獸的傷痕全是刀械或利爪造成，主要以槍械攻擊的自衛隊不可能留下這些。

「看起來也像為了保護什麼才挑起戰端的耶……」

志緒無意識說出自己感受到的印象。

全軍覆沒的魔獸行動中可以感受到某種明確的意志，好比兵蜂為了保護女王聚集到一處，而且寧可奮戰到全滅都不肯休兵。

縱使它們是會不分對象地襲擊人類的凶惡魔獸，志緒仍覺得這一幕很悲傷。

「牙城……」

默默聽著志緒講話的緋沙乃抬起頭，似乎察覺了什麼。

牙城面帶苦澀地點頭回應，然後連身子都不轉就迅速問道：

「志緒美眉，妳會用強化體能(Physical Enchant)的術式吧——？」

「……會是會，為什麼要問這個？」

牙城像考官一樣的口氣讓志緒不爽地反問。

然而，牙城回頭時的表情比之前還要缺乏餘裕。曉凪沙失去意識的身體被他用拋的推到志緒這邊。

「帶凪沙離開這裡。盡可能越遠越好。」

「咦？」

感到疑惑的志緒頭上有太陽被遮住的跡象。銀黑色的巨大身影正從志緒等人的頭頂上一邊盤旋一邊降落。

志緒發現來者真面目以後，變得說不出話了。

有魔獸在。遠比蜂蛇恐怖的危險魔獸——

長達十四五公尺的巨大翅膀。

鱗片仿若鎧甲；兩條後腿長著厚實刀刃般的腳爪做為武裝。

粗壯的尾巴伸展如鞭；凶暴的下顎酷似肉食蜥蜴。

「飛、飛龍……！」

志緒茫然地仰望著從天而降的巨大魔獸驚呼。

飛龍以往也曾被當成戰爭的道具，戰鬥力在飛行系魔獸當中毋庸置疑屬於最強等級，即使實力不及真正的龍，地位仍不同於其他魔獸。就算是太史局的六刃神官，應該也無法獨力擊敗飛龍。

更讓志緒心生動搖的是裝設在飛龍背上的騎乘用鞍墊。

鞍上可見手持騎槍（Lance）的騎手。

身上圍著漆黑披風的銀黑騎士。

「就是他將這裡的魔獸全宰光的嗎？」

牙城舉起從「冥府」取出的機關槍說。以高火力為豪的軍用重機關槍剽悍威猛，在飛龍凶惡的龐大身軀面前卻讓人覺得十分靠不住。

「看來……不像正義的一方吶。」

瞪著銀黑騎士的牙城問了緋沙乃。

緋沙乃表情嚴肅地點頭，然後朝志緒抱著的曉凪沙看了一眼。

「是啊。對方會在此現身，目的恐怕是——」

「衝著神繩湖的災厄來的嗎……可惡，最糟的狀況居然被我猜中了！」

在牙城咒罵的同時，銀黑騎士有了動作。他將飛龍駕馭得有如自身手腳，從志緒等人的頭上一舉侵襲而來。

「牙城，飛龍交給你對付，騎手由我來——」

「妳原本就來日無多了，少逞強！」

緋沙乃與牙城各拿著自己的武器散開了。

牙城的機關槍轟然開火，迎擊來襲的飛龍。機關槍裡上膛的是專門用來對付魔族的琥珀金彈頭（Electrum Tip）。然而，輕鬆貫穿蜂蛇鱗片的這種子彈對銀黑色飛龍卻不管用。

另一方面，緋沙乃朝銀黑騎士放出了攻擊用式神。

酷似隼鷹的銀色猛禽迅如子彈撲向騎士。即使在身為咒術專家的志緒看來，也覺得那是完美得令人膽寒的攻擊術式。

但是緋沙乃手中超過二十具的式神，卻在碰觸銀黑騎士的瞬間就潰散消滅了。

既不是遭到防禦也沒有被擊落，式神喪失其功能，徹底失效了。

「什麼……？怎麼會這樣！」

志緒困惑地望著牙城等人苦戰的模樣。

飛龍再怎麼強韌也只是單純的生物，沒道理能毫髮無傷地將琥珀金彈頭彈開。普通的人類更不可能連魔法都不用就讓緋沙乃的式神失效。

騎士與坐騎的強悍有些異常，外加異質。而且，牙城與緋沙乃並沒有手段能對付——

牙城他們恐怕從最初就察覺這一點了，所以牙城才會叫志緒離開。他要志緒趁著他們爭取時間的這段空檔逃走。

「快跑，志緒美眉！」

牙城扔下槍膛滾燙的機關槍，舉起了另一挺反物資步槍。原本該架在地面上使用的那種巨大步槍硬是被他舉在腰際開火。

子彈精準地命中飛龍的眉心，散落出驚人魔力並且炸了開來。那是可以發射出濃縮魔力的特殊珍貴彈藥——咒式彈。

飛龍猛然仰身，停下了動作，可是也只有短瞬而已。幾乎無傷的牠煩悶地擺動脖子，像在嘲笑牙城似的發出咆吼。

「咒式彈……對牠沒用……？」

眼前難以置信的光景讓志緒無意識地停下腳步。

隨後，緋沙乃揮下的薙刀鏗然碎散。銀黑騎士手握著的騎槍發出詭異波動，將緋沙乃重扣在地。本領足以擔任特殊攻魔部隊教官的緋沙乃正束手無策地單方面挨打。並非她太弱，她的攻擊一律被銀黑騎士的裝備封住了。

「緋沙乃大人！」

緋沙乃口吐鮮血的模樣讓志緒忍不住尖叫。志緒讓曉凪沙躺在結凍的湖面，手舉銀色西洋弓。

「——申請認證！改良型六式降魔弓Ⅲ，解放！」

「別出手，志緒！」

滿身是血的牙城對志緒大吼。

然而志緒卻漠視他的警告。在這種狀況下，只有志緒的改良型六式降魔弓能拯救牙城與緋沙乃。哪怕對手是飛龍，憑獅子王機關自豪的最新銳制壓兵器也能一擊消滅才對——

「狻猊之舞伶暨高神真射姬於此誦求！白刃召來——！」

志緒傾注剩餘的所有咒力，施展出威力最高的攻擊。

裝在咒箭上的嚆矢畫出了超越人類極限的高密度魔法陣，其陣紋製造出足以匹敵吸血鬼眷獸的巨大魔彈。

銀黑騎士用自己的披風承受那道灼熱閃光。

有如黑墨潑灑在水面，他的披風侵蝕虛空，形成了不具厚度的漆黑極光，包裹住志緒的攻擊。

於是，志緒的咒術砲擊被黑暗吞沒殆盡了。

應該連飛龍都能一擊焚滅的龐大魔力消失得無聲無息。

彷彿從一開始就不存在——

「怎……怎麼可能……」

志緒仍保持放箭結束的姿勢，全身畏縮。

銀黑騎士緩緩地轉頭看了志緒；悄然飛翔的飛龍則朝她直撲而來。

騎槍槍尖毫不迷惑地對著志緒的心臟。即使如此，志緒還是動不了。施展的咒力超出極限才會導致如此，咒力乾涸使她渾身乏力。

在志緒眼裡，朝自己胸口逼近的騎槍凶光成了慢動作。

深沉的衝擊轟然而至。

志緒的背撞在冰原，劇痛令她的臉皺在一起。

溫暖的鮮血灑落在她臉上。

那並不是志緒流的血。她沒有受傷。

因為有人成了肉盾，代替她被騎槍貫穿。

天不怕地不怕地笑著的鬍渣中年男滿身鮮血，倒在志緒身上。

「唔……啊……」

志緒喉嚨裡冒出聲音。牙城閉著眼睛不動，血液從他的背後狂湧。掩護志緒的他承受了銀黑騎士的攻擊。

「不……不對……我……不應該這樣的……」

志緒無力地搖頭。

但志緒也已經懂了，造成這種局面的是她自己。她無視牙城的警告對銀黑騎士出手，害得牙城身負重傷。

志緒擅自採取行動，將牙城等人逼入了絕境。

結果連曉凪沙都因而蒙受危險。牙城賭命想保護的女兒有危險了。

然而，牙城卻用沙啞的聲音告訴志緒：

「快點……逃……志緒……就算只有妳逃過也好……！」

「！」

志緒發出了不成聲的尖叫。即使要用命來抵，她也由衷希望救牙城他們。可是現在的她已經一無所能。

飛龍無感情的眼睛正從志緒頭上睥睨著眾人。

有如厚實鐮刀的飛龍鉤爪朝動彈不得的志緒等人揮了下來。

就在隨後，志緒在極近距離下感受到龐大的魔力奔流。

「——『娑伽羅』！」

有一陣充滿寧靜威嚴的迷人嗓音傳來。

同時間，銀黑色飛龍的龐大身軀被驚人的魔力與衝擊震開了。

爆發性威力讓人聯想到天災，其真面目是擁有意志具現成形的濃密魔力聚合體，呈巨蛇姿態的吸血鬼眷獸。

金髮碧眼的貴族青年正帶著來自異界的召喚獸，站在志緒等人身邊。

「你是……」

志緒仰望著青年問。貴族吸血鬼卻不回答。

「吉拉、特畢亞斯——他交給你們。好不容易才找到線索，好好款待對方。」

貴族青年瞪著被自己震飛的銀黑騎士，並且吩咐部下。

接著他無視於志緒，走向躺在冰面上的曉凪沙。

「雖然離預定的早了一點……這是『第三具』吧。」

這麼說的他有些隨興地抱起了曉凪沙。

3

此時，麗迪安的超小型有腳戰車載著淺蔥與易卜利斯闖進了神緒多神社。三人並沒有像預料中的遇到自衛隊盤問，輕輕鬆鬆就爬上漫長的石階抵達神社境內。

但或許是魔獸來襲的關係，荒涼的境內全無人影，徒留經過轟炸般的激戰痕跡。

淺蔥一行人還沒空為此洩氣，來自戰車駕駛座的吵雜警報聲便傳入他們耳裡。裝在有腳戰車上的計測儀器正對魔力的反應提出警告。

「易卜利斯大人，方才的魔力——」

「嗯，是吸血鬼的眷獸。」

易卜利斯貝爾隨便坐在戰車的裝甲上，臉色緊繃。

魔力的來源在離神社兩公里以上的神繩湖中心。戰車用的魔力感應器精密度不高，會在這種距離就發出警訊，表示魔力的密度非比尋常。

「這股力量是戰王領域的『蛇夫』吧……那傢伙到底在跟誰交手？麗迪安！」

「遵命！」

麗迪安照著易卜利斯貝爾的命令，駕駛有腳戰車出發了。深紅色車體衝下山中的陡坡，朝著神繩湖疾馳。

淺蔥則從副駕駛座的艙口探出身子，眼睛對著望遠鏡。瀰漫的霧氣已經變薄許多，即使從這個距離也能看清湖面的狀況。

「找到了！是凪沙！」

淺蔥在強得幾乎無法好好呼吸的逆風中大叫。

結凍的湖面中央一帶。有個穿著純白大衣的貴族吸血鬼正背對斷崖般高聳的冰壁站在那裡，身穿白色巫女裝束的曉凪沙被他抱了起來。凪沙沉睡不醒的模樣看起來也像是屍體。

而且貴族青年的腳邊，有滿身是血的曉牙城和穿著制服的陌生少女倒在地上。

有腳戰車花不到五分鐘就趕到湖泊中央，一邊磨耗冰層一邊減速。

「瓦特拉先生？你對凪沙做了什麼……？」

淺蔥從停止的有腳戰車探出頭，然後向瓦特拉發問。

「曉凪沙……第四真祖的妹妹嗎？」

易卜利斯貝爾將攻擊性視線投向抱著凪沙的迪米特列．瓦特拉。

瓦特拉則望著闖來現場的他們，挖苦似的笑了笑——

「這可真是稀客呢，易卜利斯貝爾殿下……沒想到您偏偏是帶著『該隱的巫女』大駕光臨，實在叫我吃驚。」

如此開口的他畢恭畢敬地行了禮。

「你說『該隱的巫女』……難不成……！」

易卜利斯貝爾看向淺蔥，淺蔥則納悶地回望驚訝的他。吸血鬼王子掩飾著心慌，一邊咂嘴一邊搖頭說：

「罷了，會在這裡相見也算有緣。我要你把情況說個仔細，瓦特拉！」

「如果光用一句『有緣』就能交代……那倒是不錯……接下來呢──」

瓦特拉一面應付易卜利斯貝爾的挑釁，一面將目光轉到自己背後。

冰壁旋即隨著巨響碎裂四散。

與散落的冰塊碎片一同出現的，是跨坐在飛龍身上的銀黑騎士。

一身鎧甲古色蒼然的男子同時對付兩匹眷獸──吐出熔岩之絲的蜘蛛與灼熱猛禽，還能戰得略占優勢。

「瓦特拉……那傢伙是……」

抬頭望著銀黑騎士的易卜利斯貝爾猙獰地露出獠牙，並且瞇細眼睛。

「對。聖殲派的武裝諜報員。」

「咎神騎士嗎……原來如此，那也是你出差到這裡的理由吧。」

「就是這麼回事。」

瓦特拉平靜地聳了聳肩，使得易卜利斯貝爾露出釋懷般的臉色。

銀黑騎士一邊與眷獸們展開死鬥，一邊朝淺蔥等人接近。易卜利斯貝爾察覺到這一點，便從有腳戰車跳下來說：

「淺蔥，帶著那幾個人類退下。待在妳身邊恐怕是最安全的，那傢伙不能傷害妳。」

「是、是喔……雖然我不太清楚狀況，不過沒問題！『戰車手』！」

「在下了解！」

麗迪安靈活地操縱有腳戰車的輔助手臂，將受傷的曉牙城、制服少女以及穿道袍的老嫗帶回戰車上。

「曉凪沙也一起帶走。對此你沒意見吧，瓦特拉？」

易卜利斯貝爾牽制般瞪著「戰王領域」的貴族青年說。

當然——瓦特拉乾脆地將沉睡的凪沙交給有腳戰車的輔助手臂，態度冷漠得毫不執著且令人訝異。

騎士與另外兩人的戰鬥在這段期間仍舊持續著。

銀黑騎士擊退了身為灼熱魔力聚合體的猛禽，飛龍則扯斷纏住全身的熔岩之絲。如今眷獸們的形勢遠遜於對方，任誰看都一清二楚。

「吉拉．渥爾提茲拉瓦他們被扳倒了……看來那頭飛龍並不是普通的魔獸。還有，那套鎧甲操控的是真正的挪得(Nod)之力嗎？有意思……」

易卜利斯貝爾望著苦戰的吉拉與加坎，猙獰地笑了出來。與意想不到的強敵相遇，點燃了魔族的鬥爭本能。

「可以的話，我是想活捉他們。」

瓦特拉委婉地奉勸「破滅王朝」的王子。

然而，易卜利斯貝爾卻對貴族青年的精明意見嗤之以鼻。
「我把那隻蜥蜴留給你們。儘管去玩吧，瓦特拉。」
散發龐大邪氣的易卜利斯貝爾張開魔力之翼縱身一躍。
連眷獸都用不著召喚。飛龍屈服於易卜利斯貝爾砸下的魔力衝擊，龐然身軀摔落地面。
被飛龍從背上甩開的銀黑騎士則用騎槍的槍尖對著易卜利斯貝爾。吸血鬼王子的表情欣喜得扭曲。
「敢用武器對著我？不自量力的傢伙！將他開腸破肚，『梅麗賽格(Meretseger)』！」
易卜利斯貝爾召喚了自己的眷獸。體型凌駕於飛龍的龐大身軀，酷似巨大眼鏡蛇的眷獸。飛龍接觸到瀰漫著劇毒瘴氣的蛇身，因而發出痛苦的咆吼。
眷獸是純粹的魔力聚合體，其攻擊並非魔獸的血肉之軀所能抵擋。原本飛龍就算在頭一招就喪命也不奇怪。
但是飛龍挺住了。落在冰面的銀黑騎士像鬥牛士一樣張開漆黑披風，閃避眷獸的攻擊。攤開的披風下緣包裹住虛空，阻擋易卜利斯貝爾的眼鏡蛇接近。虛無的薄膜狀似極光，不具厚度，連一接觸就能令生物沒命的瘴氣也無法突破那道虛無障蔽。
吉拉與加坎會吃足苦頭，大概也是銀黑騎士的這項能力所致。他布下的詭異極光可以有效地消滅眷獸釋放的魔力。然而——

「就這點本事嗎？賤民！」

易卜利斯貝爾加深了笑意，像在藐視銀黑騎士。

吸血鬼眷獸的漫長蛇身環繞於騎士周圍。

空氣本身隨即出現異變，被眷獸包圍的空間全變成了不祥的淡紫色。接觸到紫色空氣的飛龍開始痙攣掙扎，鐵灰色鱗片冒出白煙，好似暴露在高溫下逐漸融解。

易卜利斯貝爾的眷獸能讓空氣本身變成強酸性劇毒。即使魔力被消滅，也無法防備變成劇毒的空氣。

「這隻眼鏡蛇……『雷酸之王蛇（梅麗賽格）』應該是麥薇亞第二公主的眷獸……殿下，你……」

「你以為同族相噬是你的專利嗎，『蛇夫』？」

易卜利斯貝爾側眼瞪向瓦特拉，狠狠地撂話：

「在『焰光之宴』被札哈力亞斯小看的屈辱——我已經收拾家族裡暗通那個軍火商的叛徒，一雪前仇了。事情就這麼簡單！」

「原來如此……」

瓦特拉望著魔力暴增的敵國王子，看似滿意地微笑。

有如極品料理端到眼前而舔起嘴脣的捕食者——

在圍繞著第四真祖復活的風波中，遭受三具「焰光夜伯」襲擊的易卜利斯貝爾曾屈辱飲敗。後來不到一年，他已經成功向身為主謀的親姊姊報仇雪恨，更藉此提升自己的戰鬥力。這一點讓瓦特拉滿心歡喜。

「怎麼樣，咎神騎士？到此為止了嗎？」

另一方面，易卜利斯貝爾則用冷冷目光對著被劇毒包圍的銀黑騎士。

銀黑鎧甲目前仍勉強有保護作用，然而力量耗竭只是時間問題，即使用詭異極光的力量也無法破除眷獸的結界。在任何人都這麼想的下一刻——

銀黑騎士將自己的騎槍插到了冰原上。

軍用重機關槍就落在那裡。易卜利斯貝爾沒理由知道那是曉牙城用完拋下的武器。銀黑色騎槍的輪廓在貫穿機關槍的瞬間扭曲了。

鋒利騎槍像融化的糖絲一樣，逐漸變形成威猛的槍械。

「什麼……？」

這幕異樣的光景讓易卜利斯貝爾表情緊繃。

與鍊金術師用的物質轉換類似，但本質天差地遠。鍊金術師可以自由操控物質結構，但並無法重現原理不明的機械構造。

相對的，銀黑騎士並未改變騎槍的結構，只是模仿發射子彈的功能。他只奪取了機關槍這項兵器的「資訊」。

漆黑子彈從騎槍前端新鑿穿的槍口發射而出。

子彈貫穿劇毒的空氣結界直接命中易卜利斯貝爾的眷獸。

眷獸仰起身體，動作只停下一瞬。

針對騎士的包圍有了破綻——

瞬時間，受傷的飛龍騰空飛起。牠接走銀黑騎士，然後直接逃往高空。超越魔獸極限的驚人加速。

他們的身影隨即變小，混在仍未徹底消散的寒霧中消失了。

「逃了……不，大概是為了找尋更有利的作戰地點才會撤退。要小聰明的傢伙。」

易卜利斯貝爾不耐煩地嘀咕。

銀黑騎士可以模仿現代兵器的能力。既然如此，逃到可利用的兵器多的地方遠比留在周圍空無一物的冰原交戰有利才對。萬一最初是在市區交手，易卜利斯貝爾也不確定是否能像剛才一樣壓倒對手。

「狀況如何，吉拉？」

瓦特拉朝著沒有人在的方向喚道。於是，當場有銀霧聚集而來，變成了俊秀少年的身影。他的指尖綁著近似熔岩的琥珀色之絲，絲線朝著上空一路延伸。

「沒問題，大人。我逮住對方了。」

吉拉．雷別戴夫恭敬地回答。

易卜利斯貝爾聽著他們的對話，不滿地哼了一聲說：

「打從一開始你就算準要讓聖殲派的巢穴現形嗎？真讓人疏忽不得啊，『蛇夫』——」

「畢竟我們奉了戰王的命令。」

瓦特拉一臉裝蒜地聳肩說：

「——消滅彼之咎神，是我等戰王後裔的宿願。為此才會有聖域條約。」

「目前，我姑且信你這句話。」

易卜利斯貝爾冷冷地仰望瓦特拉。流動於兩人之間的氣氛和友善語氣呈對比，有種劍拔弩張的緊張感。

搭有腳戰車回來的淺蔥闖進了這種氣氛當中。

「那個穿黑披風的是什麼人？」

淺蔥毫不膽怯地問易卜利斯貝爾。她面對瓦特拉或吉拉也會拿出應盡的禮數，而且絲毫不顯得畏縮。

淺蔥這樣的態度讓易卜利斯貝爾放下狠勁，淡然回答她：

「那是聖殲派——信奉咎神該隱的恐怖分子。」

「恐怖分子……為什麼會有那種人跑來啊……？」

淺蔥困惑地噘起嘴脣。易卜利斯貝爾有些壞心眼地對她微笑說：

「那些傢伙的目的在於重現『聖殲』，消滅所有魔族，取回人類原本應有的姿態，也就是取回沒有魔族也沒有魔法的世界。達成目的的關鍵大概就沉睡在這塊土地。」

「消滅……所有魔族……？」

淺蔥訝異得睜大眼睛，不過她露出動搖只有短瞬。儘管淺蔥臉色發青，還是挑眉瞪向易卜利斯貝爾。

「易卜利斯，你為什麼還能夠冷靜？那種事情要馬上阻止才可以——！」

「阻止……？妳身為無關的人類，為何會這麼想？」

淺蔥意外的反應讓易卜利斯貝爾露出困惑臉色。

他萬萬沒想到會有人類敢怒斥身為「滅絕之瞳」嫡系王子的自己。何況淺蔥只是個人類，他不明白淺蔥有何理由要關心魔族的未來。

易卜利斯貝爾那種態度讓淺蔥更顯焦躁地搥了戰車裝甲說：

「只要是普通人，都會認為要阻止那種事才可以啦！」

「……只要是普通人嗎……？」

淺蔥毫無迷惘的主張讓易卜利斯貝爾忍俊不禁。

在場要是有人知道他在自國時的模樣，八成會大吃一驚。因為以脾氣粗暴而聞名的易卜利斯貝爾被人類小丫頭說教居然會笑，這種事簡直近乎奇蹟。

「瓦特拉……不好意思，我稍微改了主意。我要擊潰那名咎神騎士。」

「破滅王朝」的王子瞪著「戰王領域」的貴族青年如此相告。易卜利斯貝爾宛如宣戰的鄭重口氣讓瓦特拉優雅地揚起嘴唇。

「一切當然都照殿下的意——不過呢，先到者優先。」

話還沒說完，貴族青年就化為金霧消失了蹤影。

易卜利斯貝爾默默目送對方，然後又轉向載滿傷患的有腳戰車。

「是我太隨興了嗎……不過，那倒也罷。」

「什麼意思？」

淺蔥問了像在自嘲地嘀咕的易卜利斯貝爾。

別在意——搖頭的易卜利斯貝爾又一次苦笑。

4

載著羽波唯里的機材運輸用卡車正跑在狹窄山路上。她是以傷患護衛的名義與撤退中的自衛隊部隊同行。

路面顛簸，加上車胎裝了應付積雪的雪鍊，因此卡車貨台的搭乘感相當惡劣，感覺一不小心就會從克難式座椅甩出去。

「路上還會再晃一陣子，羽波攻魔官。我們只能準備這種車，真的很抱歉。」

坐在貨台對面的年輕二等特曹用了認真的語氣致歉。

自衛隊人員會對唯里格外禮遇，並不是因為唯里身為攻魔師，而是「緋沙乃的部下」這個頭銜太響亮的關係才對。唯里並沒有特別受到尊敬。

唯里對此有所自覺，如坐針氈地搖頭說：

「啊，不會。不要緊的，因為我們兩個算附屬品……啊哈哈。」

「不不不。我們都要仰賴妳喔，劍巫大人。」

二曹大概是出於關心，對唯里自謙的態度刻意擺了笑容打圓場。

載著唯里他們的卡車跑在隊伍最尾端。基於戒備魔獸追擊的名義，由擔任護衛的唯里來殿後合情合理。從那個角度而言，二曹說要指望唯里倒未必是客套話。

唯里心裡當然也不會覺得不舒服，然而有個因素讓她無法坦然表示開心，那就是坐在唯里旁邊的鐵灰色頭髮的少女。

「唯里～～唯里～～！」

大快朵頤地品嚐著餅乾乾糧的少女朝唯里伸了雙手。

少女的神祕舉動讓唯里一面偏頭一面拚命動腦想設法跟她溝通，心情好比成了被幼稚園小朋友耍得團團轉的菜鳥保母。自衛隊員們懷疑唯里是否有幫助的眼光頗為傷人。

「咦？呃……妳是想要再吃一片嗎？」

「再……一片？」

少女愣著眨了眨眼睛，似乎聽不懂意思。但是，她一看到唯里拿出的另一片餅乾，頓時一臉開朗地說：

「再一片！再一片！」

「好、好吃嗎？」

「好吃～～！」

少女直接從唯里手中叼走餅乾的模樣看起來就像跟飼主相處親密的寵物。與其說唯里對她有好感，感覺比較像冒出了疼惜之情，心情彷彿在餵養陌生的少女。

「我問妳喔，妳叫什麼名字？」

等少女的食慾緩和以後，唯里耐心地試著問她。

「那個……我叫作唯里，妳呢？」

唯里穿插比手畫腳的動作持續問了幾次相同的問題，於是少女像忽然開竅了一樣「喔」

地眼睛發亮。

「葛蓮妲。」

「葛蓮妲？這就是妳的名字嗎？」

「妲～～葛蓮妲～～」

少女望著唯里，連連點了好幾次頭。

「葛蓮妲……」

少女似乎很高興被叫名字，便瞇著眼睛笑了出來。看她搖擺身體帶著節奏的樣子，不禁讓人聯想到心情大好地搖尾巴的小狗。

「——！」

在唯里和葛蓮妲目光交會的瞬間，她有種奇特的幻覺。

強烈的悲嘆與悔恨流入內心，讓唯里窒息。

「……啊……！」

當唯里差點被那股鮮明情緒壓垮時，瞬間又從幻覺中醒了。

回想起呼吸方式費了唯里一些時間。強烈的寒意與窒息感讓全身持續顫抖片刻，手心被汗水濡濕，連唯里自己都曉得她的嘴唇發青。

在劇烈的目眩及耳鳴中，她腦裡浮現出異常鮮明的影像。

有座小小都市留在鮮紅如血的海中的景象。

用碳纖維、樹脂、金屬與陌生的異界技術孕育出來的人工島。

其市區被動亂摧毀，成了荒涼的廢墟。

有個少年呆站在殘破的瓦礫堆上。

他仰望著染成鮮紅的天空，泣不成聲。

而且，開在胸膛的傷口正流出烏黑的血。

手裡則緊握折斷的長槍——

「怎麼回事，剛才的景象……是這個女生的記憶……？」

唯里一邊不停喘氣一邊茫然嘀咕。腦袋一片混亂，理不出頭緒的思路讓人焦躁。唯里明白的只有一點：是眼前的少女讓她看到了幻覺。應該是唯里身為巫女的力量對留在葛蓮妲記憶中的殘渣起了反應。

「唯里？」

葛蓮妲不安地探視唯里恍惚的表情。

唯里猛一回神，硬是在嘴邊掛上裝出的笑容說：

「抱、抱歉。我沒事。」

「唔～～……」

葛蓮妲懷疑似的低聲咕噥，使唯里軟聲軟氣地「啊哈哈」對她笑。

匡——卡車像是輾到小石頭，車體上下搖晃了。

瞬時間，葛蓮妲回神看向前方。她臉上露出的嚴肅表情讓唯里有些驚訝地問：

「葛蓮妲？」

「來了……」

「咦？妳說的『來了』，是指什麼……？」

唯里疑惑地反問之後，足以讓人撲跌的衝擊隨即來襲。載著她們的卡車緊急剎車了。往旁打滑的車體差點翻倒，還撞上路肩的擋土牆，然後才勉強平安地停了下來。

唯里驚險地將差點從座椅甩出去的葛蓮妲抱穩。即使如此，葛蓮妲仍不改表情地從開在車篷上的小窗口看向外面。

「羽波攻魔官，妳看那邊！」

原本坐在對面位子的二曹瞪著卡車後頭大叫。

怪物就在眼前。

好似追著唯里她們而來的是酷似骸骨的人型怪物，全高大概三四公尺，質感有如機械的內臟暴露在外，持續搏動著。無論怎麼看都不是自然界的生物，如果只用小客車框架來製造生物型態的美術品，或許就會是這副模樣。

卡車為了閃避這頭怪物的攻擊才會衝撞路肩。

「機械人偶（Automata）……不對，是魔像（Golem）嗎……？可是，怎麼會有這種毛骨悚然的感覺……？」

唯里發覺流動在怪物周圍的魔力有異，臉龐隨之緊繃。

那股力量與她所知的魔法顯然屬於不同體系。宛如探頭看向大群蠢動的毒蟲，生理上的反感油然湧到心頭。

「唔……唔哇啊啊啊啊啊！」

自衛隊有人開槍了，用的是對付大型魔獸的散彈槍。然而，怪物若無其事地承受了極近距離下的槍擊，狀似肋骨的框架扭曲變形，但它完全沒有疼痛的跡象。

「糟糕——！」

人型怪物伸出異常長的右臂過來，輕易扯開卡車的車篷，五指深陷鋼鐵材質的貨台。怪物的手想抓葛蓮妲。

鐵灰色頭髮的少女害怕似的後退，唯里則衝上前掩護她。

「改良型六式降魔劍，啟動（Boot up）——！」

銀色長劍在眩目閃光繚繞下斬斷了怪物的手臂。

金屬構成的巨大右臂掉在卡車貨台，發出沉沉響聲。

即使怪物沒有痛覺，應該也無法保持平衡了。它的龐然身軀一個踉蹌，單腿跪到地上。

「快逃！請你們趁現在快逃！」

唯里朝留在貨台上的自衛隊員們大叫。

那些人雖然是特殊攻魔部隊的隊員，但目前都算傷患。在他們避難完畢之前幫忙爭取時間就是唯里被寄予的使命。好在唯里的改良型六式降魔劍用來對付魔像類敵人並不會吃鱉。模擬空間斷層造出的屏障可以讓敵人的物理性攻擊完全失效，因為改良型六式降魔劍的劍刃連金屬都能輕易一刀兩斷。不過——

「羽、羽波攻魔官！」

在貨台留到最後的二曹恐懼得聲音變調，因為載著唯里等人的卡車像水銀一樣融化解體了。整輛大卡車的質量正逐漸轉換模樣，變成骸骨狀的人型。

「怎……怎麼回事？這是……鍊金術？」

異樣的光景讓唯里掩飾不了心慌。

將卡車變成人型怪物的魔法——和鍊金術師用來創造魔像的技法類似。

然而，據說鍊金術的效果無法遍及結構複雜的機械，而且，基本上創造魔像的技法只能讓仿照生物塑造出來的物體活動才對。

但這具怪物不一樣。

包括重量、速度、力量以及機械會自己活動的性質——

卡車這項人造物具備的「資訊」都還保留著，只有外貌逐漸改變。

住在異世界的人生來首度看見卡車時，心裡會描繪的「怪物」形象——唯里覺得那就是照這形象具現出來的。

「唯里！」

葛蓮妲抱著呆站著不動的唯里跳開了。她靠著從嬌小身軀想像不出的膂力跳過了第一具怪物的頭頂，接著又像鳥一般輕巧地在遠離卡車的位置落地。

隨後，原本是卡車的物體已經完全變化成怪物了。假如葛蓮妲沒帶唯里逃跑，她也會被融入裡頭才對。

在唯里她們背後，差點被變形過程吞沒的年輕二曹自力跳到了地面。雖然周圍還有其他自衛隊員倒在地上，怪物們卻對他們視若無睹。兩具怪物的目標並不是自衛隊隊員，它們空洞的眼睛只會追尋葛蓮妲。

『找到了……葛蓮妲。』

而且，怪物們背後傳來了渾濁的說話聲。那是透過機械變聲的女性嗓音。

有個人影穿著銀黑色斗篷，正站在怪物後頭瞪著葛蓮妲。

女子在斗篷底下的臉孔被面具蓋著，看不出長相。可是，她握著金屬杖的模樣與童話中出現的魔法師十分相像。

「葛蓮妲，難道妳認識她……？」

重新握緊長劍的唯里問。葛蓮妲猛搖頭。她的反應在預料之內，率領怪物來襲的女子沒道理跟葛蓮妲同夥。

唯里毫不鬆懈地擺出架勢，然後瞪向銀黑魔法師。

就算敵人數量增加，也動搖不了唯里的優勢。女子將卡車變成怪物操縱的把戲棘手歸棘手，但她那樣製造出來的怪物並非改良型六式降魔劍的對手。

然而銀黑魔法師的下一步對唯里而言卻出乎意料。

她望著葛蓮妲，以奇特的語句相告：

『——葛蓮妲，認證密碼，我（6173）以正（4）統（9）後繼者身分索求遺產（72657175657374726563696373756363657373736f72）。』

女子嘀咕完便沉默下來，像是在等葛蓮妲回應。異樣的沉默降臨。

「……咪？」

不久，葛蓮妲搖搖頭，求助般向唯里問了一聲。

唯里當然也不明白發生了什麼事。她只能一邊調整急促的呼吸，一邊來回看著女子和葛蓮妲。

『葛蓮妲（4772656c6461）！履行（6475747796646f）汝之使命（796f7572）！』

於是女子不耐煩似的吼了出來。葛蓮妲害怕地後退。

「我聽不懂妳在講什麼耶！」

唯里總算下定決心採取行動了。用長劍劍鋒對著怪物們的她向銀黑魔法師亮出了剛掏出的攻魔師執照。

「根據攻魔特別措置法，我要以非法使用魔法施暴、傷害、毀損公物的罪名將妳拘捕！請妳放下武器投降！」

「少礙事，劍巫。」

女子無視唯里的警告並揮下法杖。怪物們發出金屬性質的咆哮，隨著地鳴聲縱身躍起。一具跳到唯里頭上，另一具的目標則是葛蓮妲。

「你這怪物——！」

唯里朝衝著自己而來的怪物將劍舉成大上段。銀色長劍被咒力的眩目光輝包裹，使劍身周圍形成擬似空間斷層。

不需要花俏的劍招，改良型六式降魔劍以最大功率發出的一擊輕鬆將巨大怪物斬成兩半。不——理應會斬成兩半。

然而在唯里的劍觸及敵人前一刻，怪物全身卻被漆黑極光所覆。

「咦！」

伴隨玻璃碎裂般的聲響，模擬空間斷層構成的利刃應聲而碎。

唯里的攻擊淪為單純持劍劈砍，白白被怪物的上臂骨骼彈了回來。

「改良型六式降魔劍被它擋下了……！」

設法重整體勢的唯里一邊著地，一邊發出微弱的驚呼。

籠罩怪物的黑色極光來自銀黑魔法師所披的斗篷。

斗篷下罹冒出的黑暗蓋滿了怪物的肉體，造成改良型六式降魔劍失效，彷彿異能之力從最初就不存在——

「唯里！」

唯里還來不及驚訝，葛蓮妲的尖叫聲就傳到了她的耳裡。另一具怪物已經將東逃西躲的葛蓮妲逼到懸崖旁邊。

「快逃，葛蓮妲！」

唯里再度舉劍，這次她砍向襲擊葛蓮妲的怪物背後。

即使如此，結果仍然相同。改良型六式降魔劍的能力對被漆黑極光籠罩的怪物不管用。

「既然這樣！」

唯里砍向空無一物的虛空，將空間本身斬斷。她打算用空間的斷層當作路障，好封住怪物的行動。

可是，銀黑魔法師的極光連那道斷層都瞬間摧毀了。

「什麼！」

唯里的臉絕望得皺在一起。用卡車創造的龐然怪物伸腳朝她踩下。如今唯里的屏障被打破，沒有手段能阻擋對方的攻擊。

會被踩扁——唯里有了死的覺悟。

就在下一刻，葛蓮妲身上出現異變。

「唯里——！」

葛蓮妲尖叫的高亢聲音到最後成了猛獸的嘶吼。

她身上的大衣爆開，從中露出的是被透明鱗片包覆的皮膚。嬌小的少女逐漸變成巨大猛獸，異形的翅膀搭配凶猛四肢，蛇身令人聯想到遠古恐龍——

葛蓮妲的身影完全消失，眼前只剩長著鐵灰色鬃毛的巨大龍族。光用獸人化一詞也無法解釋的壓倒性變身。

「……葛蓮妲……妳到底是……？」

唯里的思考完全停住了。

鐵灰色巨龍以身軀撞開人型怪物。就算兩具怪物一起上，想來也無法擋下目前龍族化的葛蓮妲。

但是，銀黑魔法師感覺並不焦急。她恐怕從一開始就曉得葛蓮妲的真面目。

銀黑色斗篷彷彿有意志地自動張開，並且纏到巨龍身上。

龍族化的葛蓮妲像在表示痛苦似的渾身戰慄。龍的四肢失去力氣，鐵灰色巨體橫臥倒下。銀黑魔法師的能力甚至對龍族也有效。

「抓住她。」

女子對金屬怪物們下令。

必須救葛蓮妲——唯里心想。那個鐵灰色頭髮的少女是為了救她才會主動變身成龍。可是唯里不知道該怎麼做才能救葛蓮妲。

劍巫創來與魔族拚鬥的體術要對付金屬怪物力不從心。

而且連改良型六式降魔劍都對銀黑魔法師不管用。

誰來幫幫我——

唯里甚至忘了自己是劍巫，還像個無助的少女祈求。

隨後。

銀色閃光斬斷了從銀黑魔法師伸出的漆黑薄膜。

閃光的真面目是全金屬製的銀色長槍。神格振動波的青白色光輝輕易將魔法師身上連龍族都能困住的斗篷斬開。

耀眼的黃金雷光隨即在下一個瞬間掃過，將巨大怪物們轟得無影無蹤。

壓倒性的力量差距，連戰鬥都稱不上的單方面蹂躪。

具現成型的魔力聚合體幻化為雷獅模樣，落在唯里等人面前。

「啊……」

唯里一臉目瞪口呆地嘀咕。

站著率領雷獅的，是個表情有些慵懶且身穿連帽衣的少年。

少年的旁邊有個身穿制服、捧著銀槍的少女依偎在側，嬌柔的美貌恰似柔中帶剛的貓科猛獸。

「唯里，妳沒事吧！」

少女叫了唯里的名字。

唯里當然也曉得對方的名字，還有她手握的銀槍名號。

太好了——唯里感到安心。她在心裡對葛蓮妲說：已經不要緊了喔。

因為他們來了。世界最強吸血鬼和他的監視者來了。

在極度疲倦而逐漸淡去的意識中，唯里叫了對方的名字。

「雪菜（小雪）……」

接著她的意識就中斷了。

幕間iii

和羽波唯里遭受怪物襲擊幾乎同一時刻──

載著古城和雪菜的車正捲起滾滾沙塵，疾馳在崎嶇山道上。

車是北美聯盟打造的裝甲運兵車，並非隸屬自衛隊的車輛。上面掛的是外交官車輛用的車牌號碼。

司機是深洋少女組中綁著紅頭巾、身穿迷彩服的金髮美女。在副駕駛座負責導航的是戴藍色髮箍的千金風格美女。

古城和雪菜則和深洋少女組的其他成員一起坐在運兵車的車艙。

由於車上滿載大量槍械和武器彈藥，艙內狹窄。

古城和雪菜肩併肩坐在一起。制服終於送洗完畢，他們正前往救助凪沙。

可是兩人之間沒有對話，只瀰漫著一股沉重的沉默。

在男湯發生過那次風波以後，雪菜完全壞了心情。

「我說啊，姬柊。關於剛才那件事──」

古城忍受不了尷尬氣氛，只好試著談那個話題。

雪菜卻不看他的眼睛，冷漠地搖搖頭說：

「不要緊。沒有問題。」

「咦……？妳在說什麼？」

「我什麼都沒看見，所以我並不知道學長有暴露身體的變態行為。」

「為什麼我只是脫光衣服洗澡，就要被講成變態啊！」

古城不耐煩地反駁雪菜近似逃避現實的發言。

雪菜則半瞇著眼冷冷瞪向他說：

「妃崎不就好好地穿著泳裝嗎？」

「那是她自己闖進來的！與其計較有沒有穿泳裝，妃崎她明目張膽地跑進男湯來才是問題吧！」

「喔。」這樣啊——雪菜含糊地應聲。

「先講清楚，我不會在意洗澡被妳偷看這種小事，所以妳也別放在心上。反正凪沙也都會在我換衣服的時候走進走出。」

然而當古城不小心撞見妹妹換衣服時，妹妹就會冷戰三天不跟他講話，因此古城的感想是實在不可理喻到極點——

「我、我又沒有偷看……但是，既然學長那麼講，我就不放在心上了。」

不知道為什麼，雪菜一聽完古城說的，態度就立刻軟化了。她微微咳嗽清了清嗓，甚至還露出溫和的微笑。連找藉口的古城都對她大幅改變的態度感到吃驚。

「欸，瑪爾莎……一般來說，被男朋友用對妹妹一樣的方式對待自己，我覺得應該要生氣才對，為什麼雪菜心情這麼好呢？」

在駕駛座聽著古城他們講話的美女對副駕駛座的藍髮箍女孩提出疑問。

藍髮箍女孩則深明箇中奧妙似的笑著說：

「薇卡，妳想嘛，那是因為……第四真祖是有名的戀妹控啊。」

「啊！所以待遇和妹妹同等級，就代表受到的愛有多深嘍，哇喔！」

「──我聽到了啦！」

哇喔個頭──古城嘔氣似的托起腮幫子。

「我、我心情並沒有特別好啊！」

雪菜滿臉通紅地說。不過，深洋少女組只用大家心知肚明般的溫柔笑容面對她。

「……話說妳們幾個為什麼會跟來？呃，我滿感謝妳們開車送我們到神繩湖就是了。」

古城一邊嘆氣，一邊提出已經嫌晚的疑問。

藍髮箍女孩回頭瞄了古城一眼，曖昧地微笑說：

「而且，奧爾迪亞魯公有吩咐我們要款待第四真祖啊。」

「再說我們怎麼能錯過這麼有趣……不對，我們總不能對這麼嚴重的事坐視不管嘛。」

掌方向盤的紅頭巾美女聲音快活地說。

「那真是感謝妳們。」

古城垂頭喪氣地發出無力的乾笑聲。

對她們來說，出手幫忙賭命前往救助妹妹的古城似乎只是打發時間的娛樂。古城總覺得自己是白感謝了。與其說她們感染了瓦特拉的壞毛病，也許閒得發慌的貴族都半斤八兩吧。

身為接受援助的一方實在不方便抱怨他們打發時間的行為就是了——

當古城茫然想著這些時，裝甲車有了減速的動靜。

通往神繩湖的狹窄市道交叉口上有自衛隊員站著。是盤問哨。

「前面禁止一般車輛通行。請你們繞路。」

隊員一邊對掛著外交車牌的裝甲車感到納悶，一邊如此開口。

駕駛座的紅頭巾美女一臉愉悅地看了古城。她無言之中正在問：能不能強行突破盤查？靠這輛裝甲車的性能要突破盤問哨的路障確實不難，可是沒頭沒腦地跟自衛隊作對又讓人過意不去。話雖如此，即使將事情解釋清楚，感覺對方還是不會放行。

怎麼辦好呢——當古城猶豫時，雪菜突然站了起來。她朝駕駛座探出身子，鄭重地用公事公辦的語氣告訴自衛官：

「我是太史局的人員，正要前往神繩湖執行討伐魔獸的任務。」

「太史局？」

「我可是聽說事態緊急。」

「這是我的攻魔師執照和身分證。請你確認。」

「啊……呃，可是……」

「六刃神官……二、二十九歲？」

自衛官確認了雪菜遞來的證件，訝異地睜大眼睛。接著，對方又一次看著證件上的照片跟雪菜的臉比對。

「怎麼樣？」

雪菜嘴角頻頻抽搐，還發出更加冷漠的質疑聲。

「沒有。是我失禮了。」

自衛官連忙敬禮，並且挪開路障讓古城等人的車通行。

多謝嘍——紅頭巾美女親切地揮了揮手，然後發動車子出發。

等到看不見那些自衛官以後，車內便一陣爆笑。雪菜佯稱自己二十九歲時一本正經的臉，還有一下子就信以為真的自衛官都令人發噱。

「你們為什麼要笑得那麼誇張——！」

雪菜氣呼呼地瞪了古城。古城一邊擦掉眼角的眼淚一邊說：

「沒有……我是慶幸妃崎給妳的假證件有派上用場。」

「唔……」

為什麼我會落到這種下場——雪菜恨恨地咬住嘴唇。太史局名義的假證件是妃崎霧葉在離別前交給她的，雖然立刻就派上用場了，但雪菜的年紀依然被設定成近三十歲，由此可以感受得到霧葉存心不良。

「第四真祖——」

副駕駛座的藍髮箍女孩靜靜地叫了古城。

深洋少女組其他人臉上的笑容都不見了。

有幾輛自衛隊的車正從古城他們這輛裝甲車的行進方向開過來。或許是與魔獸交戰過才會留下痕跡，許多車輛都受了損傷，散發出慘痛的氣息，駕駛方式更魯莽得不太像沿著狹路下山，宛如敗退逃亡的軍隊，看得出焦急與全無餘裕之處。搭車的隊員們臉上都顯露出異常的緊張和掩飾不盡的恐懼。

「好像是在運送傷患呢。」

「嗯……可是，看來不對勁。」

古城一面同意雪菜嘀咕的內容一面感到疑惑。

既然要帶著傷患撤退，心有不安是可以理解。然而，他們散發出的鮮明恐懼顯然並非來自受傷造成的消耗與疲勞。

彷彿在逃避已經逼近而來的敵人──

「停車！」

察覺到龐大魔力的古城喊道。

此時駕駛座的美女──薇卡已經踩了剎車。古城立刻從打滑而衝上路肩斜面的裝甲車跳出去。

在密集的樹叢另一側，可以看見巨大人影起身。那是具備金屬光澤的人型怪物。

「姬柊，那是──」

「沒錯，是魔像。雖然用的術式沒看過，恐怕不會錯……！」

雪菜一邊將折疊過的銀槍展開一邊回答。

古城咬牙作響。離凪沙所在的神繩湖還有一大段距離，會在這種地方被怪物擋住去路完全出乎他的意料。

「妳們留在這裡！要是情況不對就別遲疑，馬上逃！」

古城對開始準備武器的深洋少女組叫道。

「我們明白。」

「我並不打算當累贅。」

「祝武運昌隆——」

她們回答的語氣讓人感受到某種氣質。

太好了——古城默默點頭，然後衝向那些怪物。就在隨後，他的眼前出現了新的魔獸。

「什麼玩意……龍族？」

蛇身、凶猛的翅膀，以及長有頑強四肢的龐大身軀——那模樣使得古城表情緊繃。

傳聞中甚至已經絕種的龍族，是在「魔族特區」絃神島也無法看見的種族。稀有種族會突然出現，古城不得不感到驚奇。即使如此，他還是沒有停下腳步。看慣古代兵器（納拉克維勒）和利維坦的古城對如今已經不會被區區龍族嚇住的自己感到有些絕望。

正打算保護那頭龍族的，是個手持銀色長劍的制服少女。

「唯里？」

雪菜注意到少女的長相，訝異得喊出對方的名字。

「姬柊，妳認識她？」

「她是獅子王機關的劍巫。我們曾一起待在高神之杜——」

這樣啊——古城發出安心的嘆息。疑似魔法產物的鐵灰色怪物，和保護受創龍族的少女——該幫忙哪一邊？他心裡所剩的最後一點糾葛消失了。

「看來我們不必猶豫幫哪一邊。」

「是的！」

緊握銀槍的雪菜衝到怪物們面前。

古城則召喚自己的眷獸給予援護。

第四章 眞祖與龍

The Original Vampire And The Dragon

1

「雪菜……」

被稱作唯里的制服少女望著雪菜，茫然地嘀咕。

原來如此——古城微微地笑了。雪菜說她也是獅子王機關的劍巫，果然句句屬實。選擇站在她這邊似乎是對的。

「那是操縱魔像的頭頭嗎……？看起來就覺得有那種架勢……」

古城瞪著披銀黑色斗篷、風貌如魔法師的女子，稍微皺了眉頭。雖然看起來只像品味差勁的角色扮演服裝，但對方會穿成那樣應該不是毫無理由才對。

「第四真祖……」

銀黑魔法師則不耐煩地望著古城開口，眼神冷漠得像在看待路上撒落的垃圾。

「妳認識我……？」

古城訝異地反問。銀黑魔法師卻什麼也不回答。

在她默默舉起法杖以後，古城的皮膚隨即被巨吼聲撼動。

「怎麼回事！」

「學長，後面——！」

雪菜朝混亂的古城大叫。回頭的古城眼裡看見了拔山倒樹來襲的巨大魔獸——翅膀長達十幾公尺的雙腳翼龍。

「啥？這啥玩意！」

「飛龍——！」

被雪菜推開的古城頭上三吋遭到飛龍以鉤爪急速掃過。他的首級差點就被奪走了。

「可惡……！迅即到來，『獅子之黃金（Regulus Aurum）』！」

古城命令自己的眷獸反擊。獅子前腿透過龐大魔力具現以後，便朝著飛龍重重揮下。

然而，銀黑魔法師搶先有了動作。漆黑極光從她斗篷內側冒出，像落入水面的墨汁一樣擴散開來，擋住了古城眷獸的去路。

儘管雷獅不當一回事地想將漆黑極光撕開——

「什麼！」

獅子的前腿在接觸漆黑極光的瞬間就無聲無息地被彈開了。環繞於眷獸身上的閃光及雷霆霧散瓦解，消失得連火花都不留。

被極光籠罩的飛龍毫髮無傷，只被衝撞的力道震得大亂陣腳。

「牠能承受……第四真祖眷獸的攻擊？」

雪菜貌似難以置信地睜大眼睛。眷獸是濃密的能量聚合體，血肉之軀的生物本來是無法將其擋下的。除了用更強的魔力剋制之外，據說再無打倒眷獸的方法，除了唯一的例外。

「姬柊，剛才那是……！」

「對，一模一樣。跟闇誓書的時候一樣……！」

雪菜握緊銀槍，臉上露出嚴峻表情。

對抗眷獸的另一項方法就是讓魔力徹底失效。正因如此，負責監視第四真祖的雪菜才會領到具備魔力無效化能力的七式突擊降魔機槍。

而且就古城他們所知，能讓魔力失效的手段除了七式突擊降魔機槍以外，僅有一種。那就是仙都木阿夜用的「闇誓書」。

她是將絃神島塗改成「沒有異能之力存在的世界」，令古城的眷獸失去力量。

銀黑魔法師使用的漆黑極光和闇誓書的能力十分類似。

「葛蓮姐……」

銀黑魔法師望著倒下的龍，煎熬似的嘀咕一聲，然後跳到降落的飛龍背上。

「等等……！」

古城為了擊落飛離的飛龍，正想召喚其他眷獸，卻痛苦得表情扭曲。他的右手痛得彷彿遭到火噬，發作處就是在紘神島被「寂靜破除者」用「雪霞狼」刺中的傷口。

「學長……你的手……」

察覺古城狀況有異的雪菜臉色發青地趕了過來。古城本來想立刻掩飾，但似乎已經被她發現了。

「嗯，有點不對勁。」

古城一邊因劇痛而盜汗，一邊笑著表示沒有大礙。古城等人旁邊還有唯里在保護倒下的龍，古城覺得讓她多擔心並非上策。

「是召喚眷獸的反作用力嗎？」

「或許吧。」

古城右手手背上如龜裂般的傷痕正在擴大。雖然不曉得正確原因，但是剛才的戰鬥好像讓症狀一口氣惡化了。

「先不講這些，姬柊，妳的朋友──」

古城先確認過威脅已去才轉向背後。出現在眼前應該是受傷倒下的龍，以及手持長劍的唯里。可是──

「不、不可以看這邊！」

她卻一臉焦急地抬頭對古城尖叫。

龍正在穿制服的劍巫懷裡逐漸變換形體，樣貌從巨大的龍族變成長了鐵灰色頭髮的嬌小少女。年紀約莫十三四歲，有著可愛臉孔的女孩子。

「咦？」

要說當然也是當然，少女什麼也沒穿。她身上原本的衣服大概在龍族化之際爆開了。

比起龍變成了少女的模樣，雪菜對她光溜溜這點更顯訝異地發出驚呼。

「咦……？」

古城同樣大感訝異。他望著龍族女孩赤裸的身體，整個人都僵住了。唯里拚命想遮住毫無意識的龍族女孩，但她似乎也慌成一團，幾乎沒幫上任何忙。

「學長，你要看到什麼時候？」

最先取回冷靜的雪菜一邊用手遮著古城的眼睛一邊瞪了他。

「抱、抱歉，是我不好！」

猛一回神的古城則把頭轉向旁邊這麼說。

順著冷風傳進他耳裡的，則是眾人懷有惡意的細語聲。

「唔……喂。」

「嗯，是吸血鬼……魔族怎麼會出現在這裡……？」

「還有那女孩……是獸人嗎？」

負傷的自衛隊隊員圍在遠處看著古城。他們面面相覷，不停地低聲交談。那些人充滿敵意與好奇心的目光讓古城不太習慣，這是他以往都沒有體會過的情緒。

對魔族的畏懼與敵意——

「學長……」

雪菜悄悄將身體靠向古城，彷彿在扶持他。

古城貼身感覺到雪菜的溫暖，並且緩緩抬頭望向天空。寒冬的天空微微覆著低而灰濛的雲，不存在於常夏絃神島的季節——

「啊……對喔。」

我都忘了——古城終於實際體會到了。

「這裡不是『魔族特區』。」

2

斐川志緒讓有腳戰車的輔助臂扛著，回到了神緒多水壩的堤防。負傷的曉緋沙乃與牙城、沉睡不醒的曉凪沙也在一起。

「日本的自衛隊（Defense Force）嗎？敗得可真慘。」

易卜利斯貝爾望著嚴重毀壞的裝甲車，冷冷撂下一句。

醫護科的隊員已經抵達堤防上，正在動員救護傷患。有腳戰車就停在離那些人略遠的位置，志緒則開始替昏厥的牙城等人處理傷勢。她也在意羽波唯里的下落，但目前以照顧傷患為優先。

獅子王機關的舞威媛被培育為暗殺者，都熟知人體的結構。她們常要執行保護重要人物的任務，因此也受過相當的急救訓練。志緒從戰車上借來急救用具組，設法完成了包紮。

緋沙乃和牙城的傷勢雖深，幸好還不致危及性命。他們在那種狀況下，似乎還能保護要害。話雖如此，目前他們當然不可能再繼續上場戰鬥。

「在場能正常交談的只有妳嗎，小丫頭？」

「破滅王朝」的王子向茫然若失的志緒問了一聲。

「先報上姓名吧。妳看來是人類攻魔師，不過像妳這樣的小孩為什麼會在這裡？」

易卜利斯貝爾如此開口，志緒便緩緩回頭仰望對方。你才是小孩吧——她將差點冒出口的話吞了回去。

志緒喪失的氣力會稍微恢復，大概是憤怒分泌的腎上腺素所致。

「斐川志緒。我是獅子王機關的舞威媛，易卜利斯貝爾·亞吉茲殿下。」

志緒起身並直直地回望吸血鬼王子。哦——易卜利斯貝爾對她的強悍態度感興趣似的挑了眉。

「獅子王機關？那麼，妳是姬柊的同伴嘍？」

有個髮型亮麗的少女從戰車艙口探出頭，然後在志緒頭上發問。她的長相醒目得有如讀者模特兒，還穿著胸口縫了名條、款式亂煽情的衣服。志緒認為對方是活在與自己不同世界的人，因此對她口中提到的名字有些訝異。

「妳認識姬柊雪菜？呃……藍羽……淺蔥小姐？」

「咦，妳怎麼會知道我的名……」

一瞬間，外形像讀者模特兒的美少女納悶地偏頭，接著才回神往下看了自己的胸口。滿臉通紅的她連忙遮住寫在名條上的姓名。

「妳、妳誤會了！我是為了搭戰車（這玩意）才被迫穿這套衣服——」

「是、是喔。」

志緒覺得對方和第一印象不太一樣，是個可愛的人。心裡這麼想的她洩了勁。

與外表相反，這個女生的腦袋倒是機靈。假如打扮得低調一點，大概會很受男生歡迎吧——儘管不關己事，志緒仍有些同情。總之，既然對方認識姬柊雪菜，表示她大概也跟第四真祖脫不了關係，那麼她會出現在這裡就可以理解。

「那麼，名叫志緒的丫頭，我要妳把事情說清楚。你們的目的是什麼？為什麼聖殲派會出現在此處？」

易卜利斯貝爾重新逼問志緒。

猶豫的志緒微微咬了嘴唇。

眼前的少年是來自異國的王子——而且是「破滅王朝」的吸血鬼。

既然無法確定他是否和獅子王機關站在同一邊，志緒就不能擅自公開作戰內容，哪怕會招來易卜利斯貝爾的怒火亦然。

「我不能向你透露那些——」

志緒用發抖的聲音回答。

「哦，妳拒絕回答我的問題嗎，斐川志緒？我並不討厭忠心的走狗。」

易卜利斯貝爾猙獰地微笑。他散發的鮮明殺氣讓志緒全身僵硬。

「不過，既然妳連救命之恩都不懂得回報，就比禽獸還不如。那我只好給予適當的管教。若是取妳一手一腳，不知道妳會不會比較有意願說——？」

志緒的眼睛沒有離開笑著露出白色獠牙的易卜利斯貝爾。

她有預感只要稍微鬆懈就會被宰，全身直冒冷汗。可以心平氣和地跟這種怪物一同行動的藍羽淺蔥感覺並不正常。

即使如此，志緒之所以沒有在易卜利斯貝爾的施壓下屈服是出於她對學妹姬柊雪菜的競爭心。據說雪菜全天候都在監視第四真祖那個比易卜利斯貝爾更可怕的怪物，一心不想輸給她的志緒撐過了恐懼。

易卜利斯貝爾則越顯愉快地看著志緒笑了出來，還逐漸加強鬼氣逼人的壓力。於是——

「等等，王子大人，別太為難這麼拚命努力的女孩子啦。要問事情緣由，身為民眾的我可以放膽全部告訴你。」

躺在野戰床鋪的牙城撐起上半身，對易卜利斯貝爾開口。

瞬時間，束縛著志緒的壓力莫名消失了。

「牙城伯父？你說話不要緊嗎！」

淺蔥望著重傷的牙城問。

「喔，是藍羽啊？最近的高中生穿得真火辣～配古城那呆子太浪費了。」

呀啊啊啊——尖叫的淺蔥縮回戰車裡面，牙城則由衷地惋惜自己要是能年輕個十歲就好了。可是，要嘴皮的牙城臉上蒼白得毫無血色。

「坦白講，要把身子撐起來很費力，但應該還過得去，多虧有志緒幫忙急救。再說如果不一直講話，我似乎會保不住意識。」

「……你就是『冥府歸人』曉牙城？聽說發掘第十二號（Dodekatos）時你也在場，看來正如外傳的是

個喜歡胡鬧的男人呢。」

哼——易卜利斯貝爾有些佩服地看向牙城。

「不過，由你來回答確實也無妨。說吧，曉牙城，聖殲派的目的到底是什麼？你們又在這座湖泊做些什麼？」

「老實說，我不清楚恐怖分子有什麼企圖。不過要談到獅子王機關的目的，一言以蔽之，就是封印黑殼。結果等我發現時，湖已經凍成這副模樣，還忽然冒出了魔獸——」

「……黑殼？那是什麼玩意？」

易卜利斯貝爾皺眉頭反問。

「『聖殲』的遺產啊。至少對外的認知是如此。那跟第四真祖一樣，是遭到『天部』封印的弒神兵器。」

「哼，原來如此……所以那些人是想用第十二號的魔力來封印『聖殲』的遺產嗎？滿像畏懼弒神兵器之名的膚淺人類會想出的主意。」

易卜利斯貝爾緩緩地朝結凍的神繩湖看了一圈。

足以凍結整座人工湖超過六千萬噸湖水的龐大魔力，對易卜利斯貝爾來說大概也是威脅。在他臉上顯露的悚懼與愕然之色參半。

「這座冰原是『妖姬之蒼冰』的傑作吧。被切離宿主的肉體仍有這等威力——雖令人忌懼，看來倒不會愧對它身為真祖眷獸的名號。如果那個叫黑殼的玩意只是區區的弒神兵器，確實可以封印住才對。」

「既然如此，為什麼……」

志緒忍不住出聲嘀咕。實際上，再度封印黑殼的行動失敗，引發魔獸大量出現，而且還招致聖殲派的恐怖分子介入。獅子王機關的作戰計畫已然失利。

「誰曉得。結果被黑殼封印住的並非弒神兵器。基本上，連那玩意是否真的算封印都值得懷疑。」

易卜利斯貝爾嘲弄似的撂下一句。他的話讓志緒愕然失色。

「可、可是……假如黑殼不是弒神兵器的封印，它的真面目究竟……？」

「為什麼提到『聖殲』的遺產，妳會頭一個聯想到兵器？」

「咦？」

易卜利斯貝爾的問題讓志緒有了突破盲點的感覺。

她毫不懷疑地聽信閑白奈等人的說明，所以才沒有發現。不過直接將遺產和兵器連在一塊，說起來是挺奇怪。為什麼自己會深信黑殼中就是危險的兵器而不加懷疑？志緒對此感到懊悔。

畢竟就連一項證據都沒有提出來，除了災厄沉眠於此的籠統傳說以外——

「聽到遺產，人最先聯想到應該是金銀財寶一類。比如足以獲得咎神繼承者資格的神具或寶器——如果正是如此，東西應該會受到嚴密保護吧。」

「東西並非被封印，而是受到保護……那我們看見的龍，該不會就是……」

「妳說……龍？」

這次換成易卜利斯貝爾對志緒說的話產生動搖了。

「斐川志緒，妳有看見龍？」

「是、是的。不過只有短短一瞬，而且有霧氣妨礙，至於龍目前在哪就不曉得了——」

志緒被易卜利斯貝爾瞪得聲音變調。

她的腦海裡浮現了結凍湖面遺留的巨大冰隙，彷彿曾有巨大怪物從中爬出的不自然裂縫。也許那果真是龍在湖底覺醒後留下的痕跡。

「你們說的龍……是真正的龍族嗎？」

藍羽淺蔥從戰車艙口探出臉，納悶地嘀咕：

「要是有那種玩意在飛，感覺一下子就會發現耶……再說還有這麼多自衛隊的人馬留在這一帶。」

坐在野戰床鋪聽眾人對話的牙城像是察覺到什麼，忽然跳了起來。

「自衛隊……！這樣啊……原來是這麼回事……好痛！」

「曉、曉牙城？」

志緒急忙趕到捂著傷口呻吟的牙城身邊。

傷腦筋——原本傻眼搖頭的易卜利斯貝爾忽然露出銳利目光。

「淺蔥、麗迪安……妳們暫時窩回戰車裡頭。」

「咦？」

易卜利斯貝爾忽然的忠告讓淺蔥露出困惑臉色。

吸血鬼王子瞪著走在堤防上的一群自衛官。經過武裝的那些人直直朝志緒他們走來。

「別露臉。妳們不想跟地方的官員結下樑子吧？」

「對喔。抱歉，剩下的麻煩你了。」

「易卜利斯大人，感恩是也。」

「哼。」

搭乘有腳戰車的兩人關上了駕駛座艙門。藍羽淺蔥她們身為民眾，開著戰車在自衛隊封鎖的區域四處闖蕩會構成問題，但只要不拋頭露面，被當成易卜利斯貝爾的隨從以後就連自衛隊都無法拿她們是問——兩人大概是如此判斷的。易卜利斯貝爾對她們那麼關心，讓志緒感到意外。

「那些傢伙是什麼人，斐川志緒？」

易卜利斯貝爾則問了志緒。他在意的是帶領一群自衛官、疑似指揮官的人物。男子大概是在對付魔獸時受到波及，全身上下都纏著新的繃帶。

「他是自衛隊的安座真三佐，這次作戰的指揮官——」

「呵……原來如此。」

易卜利斯貝爾若有深意地微笑。

志緒看了他的反應，腦裡靈光一現。淺蔥說過的話、牙城的反應，還有志緒自己抱持的幾個疑問就此串連起來。

「——斐川攻魔官，他們是？曉巫司受傷了嗎？」

安座真三等特佐則在志緒一行人面前停下腳步問。

曉牙城用了揶揄似的口氣回答他。

「沒什麼了不起的傷啦。畢竟這個老太婆鍛鍊得亂精實的。」

「這位是民眾嗎……你的傷勢看來確實比較嚴重就是了。」

安座真低頭看著渾身染血的牙城說。接著他朝易卜利斯貝爾瞄了一眼——

「那位則是魔族吧。待會我希望詳細了解狀況——不過，目前還是以照顧傷患為優先。請將那女孩——曉凪沙交給我們。」

安座真將目光移到沉睡不醒的巫女裝少女身上。

志緒隨即來到曉凪沙身邊並護著她似的瞪了安座真。志緒這種無法理解的行動讓安座真微微地蹙眉。

「斐川攻魔官？」

「很遺憾，但我不能聽你的命令。」

志緒將手伸向腰際的扣具，然後握緊銀色西洋弓。改良型六式降魔弓Ⅲ，解放——

她取出新的箭矢搭上西洋弓，靜靜地拉滿弦。

「請你別動，安座真三佐。」

如此宣告的志緒用箭矢前端對準了安座真的心臟。

3

「『破滅王朝』的……王子？」

古城蹲在崎嶇山路的路肩，探頭看著改造手機的螢幕。和他通訊的則是醜布偶樣貌的電腦化身。

「那是什麼人？淺蔥怎麼會跟那種人在一起？」

『淺蔥小姐她們好像用泡麵釣到了對方。』

「啥意思？釣？」

用泡麵釣吸血鬼王子——完全搞不懂。不過，淺蔥身邊似乎並沒有面臨直接的危險。

「雖然我聽不太懂，反正凪沙她們沒事對吧？總之，那邊就先交給你照顧。幫我告訴淺蔥，我們還需要一點時間才能會合。」

『好，了解。』

摩怪說完以後，影像便跟著消失。古城一面嘆氣一面將手機收回連帽衣的口袋。改造手機的剩餘電量差不多開始令人擔心了。

「凪沙平安無事對不對？」

和古城面對面坐著的雪菜問了一聲確認。古城面帶苦笑，對露出安心臉色的她點頭說：

「哎，大致上，好像所有人都沒事。」

雖然我老爸好像差點沒命——他在心裡額外補充。

名叫唯里的少女則突然趕到古城他們身旁低頭賠罪，整個人幾乎都要下跪了。

「對不起——！」

「咦？」

古城愣愣地抬頭看她。

唯里的身高比雪菜略高，頭髮及肩，或許是劉海撥到一邊的關係，有種模範生的氣質。

雖然長相給人的印象大有不同，正經八百外加容易鑽牛角尖的部分要說像雪菜倒也很像。

「其實是我要保護你妹妹的，但我卻把人顧丟了……才會害凪沙小姐遇到危險——」

唯里自責地說。對此古城有些疑惑地說：

「是、是喔……但最後她還是平安無事嘛。」

「不，是我能力不足。真的很抱歉。」

古城看著深深低頭的唯里，困擾似的搖了搖頭。

「欸，姬柊……這個女生真的是獅子王機關的人嗎？」

「是的。她比我大一歲，之前是非常優秀的劍巫候補生。」

「這樣喔。總覺得好意外。」

「意外什麼？」

雪菜望著低聲嘀咕的古城，不解地微微偏頭。

唔——古城一邊認真地煩惱一邊解釋：

「不是啦，總覺得以獅子王機關的相關人員而言，她的性格好正常。」

「什麼？」

雪菜臉上頓時有了抽搐的動靜。

「請問，學長是指我的性格有什麼問題嗎？」

畢竟──古城嘴巴歪到一邊，對瞟著自己反問的雪菜點頭說：

「我認識的獅子王機關的人，全都是初次見面就衝上來要殺我的傢伙。像妳跟煌坂，還有之前那個叫『寂靜破除者』的女人──」

「那、那時候是因為學長用下流的眼光看我啊──！」

「並沒有！那是意外事故！意外！」

唯里訝異地看著放聲對彼此大呼小叫的古城和雪菜。第四真祖及其監視者的形象在她心裡應聲瓦解了──她臉上如此寫著。

在唯里不知所措地呆站在原地時，有個嬌小的人影跑了過來。是鐵灰色長髮隨風飄逸的龍族少女。

「唯里～～！」

「葛蓮妲？妳那套衣服是怎麼來的……？」

唯里搖搖晃晃地抱住撲過來的葛蓮妲，並且睜圓眼睛。

葛蓮妲穿的是尺寸稍大的軍用外套和戰鬥靴，外加有點睛效果的耳罩。

「我們從多出來的裝備當中擅自挑了幾件給她。」

跟葛蓮妲一起回來的是深洋少女組。唯里帶著畏懼般的表情，對國籍不明的神祕美女集團低頭說：

「謝、謝謝妳們。很適合妳喔，葛蓮妲。」

「呵呵～～」

葛蓮妲被唯里稱讚，開心地瞇起眼睛笑了。嬌憐的笑容實在令人難以相信她曾經變身為巨大龍族。

「對了，請問妳們幾位究竟是……？」

被龍族少女纏著的唯里望著深洋少女組，並且客客氣氣地問。她的疑問在某種意義上來說算是理所當然。

這廂失禮了——紅頭巾的金髮美女帶著一身迷彩裝，優雅地行禮說：

「是我自介太遲。我是第四真祖的妻子。」

「咦！」

她的回答完全出乎意料，讓唯里張著嘴巴說不出話。

接著，剩下的四個異國少女也一臉平靜地微笑說：

「同樣的，我是側室。」

「我是情婦。」

「我是床伴。」

「我類似於後宮的重要一員。」

「咦？咦……！」

唯里訝異過頭，變成了只會來回看著她們幾個和古城臉孔的機器。意外蒙冤的古城則連忙闖進唯里和深洋少女組之間解釋：

「妳別相信！不是那樣！完全不是那樣！」

「不、不過既然是第四真祖，有五六個妻妾或情婦也——」

「都跟妳說不是了！姬柊妳也幫忙講點話吧！」

為了證明自身清白，古城向雪菜求助。然而，雪菜卻只是嘔氣似的擺著撲克臉搖頭。

「反正我只負責監視，性格也不正常。」

「妳還在記恨那件事喔！」

最後一線希望被斬斷的古城誇張地捧頭大叫。

唯里茫然地朝驚慌的古城看了半晌，但最後就像甩開什麼顧忌似的嘻嘻笑了出來。

「唯里？」

雪菜戰戰兢兢地出聲關心唯里。唯里則笑著搖頭說：

「沒事。我在想，古城果然是牙城先生的兒子，兩個人好像喔。」

擺著苦瓜臉的古城頓時連嘴巴都歪了。

「啥！」

「啊，對不起。可、可是我覺得叫姓氏會跟牙城先生搞混，不小心就這麼稱呼了。」

唯里連忙陪罪。她好像誤以為是自己直呼名字太親暱才會惹古城生氣。不是不是——古城在面前揮手說：

「呃，我想說的是那傢伙跟我一點都不像吧。妳要怎麼叫我都可以啦。」

「是、是嗎？啊，沒有，說的也是。對不起，你也可以直呼我的名字沒關係。」

唯里立刻有禮貌地陪罪，古城則含糊地應聲點頭。

「她果然很正常……明明是獅子王機關的人。」

「就算如此，學長為什麼要看我這邊？」

雪菜氣悶地瞪了感慨地說出看法的古城。

趁雪菜心情還沒變得更差，古城迅速轉開目光，看向貼著唯里的葛蓮妲。

「好啦，我們也有問題想問，這個女生到底是什麼人？」

「我也不清楚詳細情形，連葛蓮妲這個名字都是她剛剛才告訴我的……」

唯里說著便困擾地蹙了眉頭。神祕少女莫名其妙地這麼黏她，唯里似乎也覺得困惑。

可是，葛蓮妲好像對這樣的唯里寄予無條件的信賴。

或許葛蓮妲敏銳地感受到古城他們沒有敵意，即使雙方視線對上，她也會笑咪咪地回應，看起來像黏人的小動物。

這樣的她忽然動了耳朵，嘴裡開始發出低吟。在她瞪的方向有通往神繩湖的細長山路。

「唯里，來了。又來了。」

「咦？」

葛蓮妲說完隔了一會，有引擎聲隆隆傳來。三輛成列的自衛隊輪式裝甲車朝著古城等人駛近。

一群經過武裝的迷彩服人員在裝甲車停止後下了車。疑似小隊長的人物則走向保護葛蓮妲的唯里。

「妳是獅子王機關的羽波攻魔官對吧？」

小隊長徒具形式草率地敬禮，然後詢問唯里。

「我是自衛隊特殊攻魔連隊第二中隊的上柳二尉。由於接到運送傷患的部隊受龍族襲擊的報告，才奉安座真三佐的命令過來護衛。」

「龍族襲擊……？」

唯里訝異地睜大眼睛。

「不，不是的。襲擊我們的不是龍族，應該說她反而想要救我們──」

「唯里……」

葛蓮妲用了畏懼的聲音叫唯里。

上柳二尉背後的隊員們默默地舉槍瞄準。特殊攻魔部隊專用的個人防衛火器（PDW），槍口對準的則是葛蓮妲。

「現場的指揮權在我們手裡。請將葛蓮妲交出來，羽波攻魔官。」

上柳態度高壓地對表情緊繃的唯里撂話。

聲音充滿了敵意。

4

「妳是什麼意思，斐川攻魔官？」

被志緒用西洋弓對準的安座真平靜地反問，膽識堪任特殊攻魔部隊的作戰指揮官。

即使如此，志緒瞄準的架勢仍不動搖。

「我從一開始就覺得不對勁，這次作戰的所有環節都很奇怪。」

志緒用冷靜得連自己都訝異的口氣告訴對方。

易卜利斯貝爾則貌似愉快地看著志緒他們的互動。

「封印魔導災害對獅子王機關來說是家常便飯。獅子王機關的劍巫擁有獨力誅滅世界最強吸血鬼的力量——可是，為什麼這次卻對還沒有出現的魔獸戒慎恐懼，非得向自衛隊尋求助力——對此我一直覺得很奇怪。我也不曉得有什麼理由要將身為民眾的凪沙小姐牽扯進這種危險的作戰。」

「……我們只是在協助獅子王機關。實際上，光靠獅子王機關的攻魔師並無法應付大量出現的蜂蛇吧？」

安座真冷靜地反駁。志緒承認他的解釋說得通。正因如此，志緒之前才沒有對自衛隊的存在抱持疑問。

「說的沒錯，起初我也是那麼想就釋懷了。可是，安座真三佐，你的部隊面對魔獸卻顯得脆弱。不，是太過脆弱了。」

志緒一邊將受傷的眾多隊員納入眼裡一邊訴說。

蜂蛇雖是厲害的魔獸，不過靠志緒等人的能力並非無法應付，自衛隊的特殊攻魔部隊想來更不可能在應戰時呈現一面倒。只不過，那得在特殊攻魔部隊準備萬全的狀態下。

「理由很簡單。你的部隊並沒有帶足以對抗大群蜂蛇的裝備過來，因此在火力上一面倒。明明是為了提防魔獸出現才包圍神繩湖，卻不配發應有的裝備，這樣不是很奇怪嗎？」

「我很遺憾……但我們的活動往往受預算限制，計畫一向會有不確定因素。我們並沒有料想到蜂蛇會大舉出現。」

「既然如此，在你料想中會出現的又是『什麼』，安座真三佐？」

志緒語氣沉穩地反問。

剎那間，她發現安座真臉色有了些微動搖。

蜂蛇是與龍族共生的魔獸，好比聚集在大象或水牛背上的鳥群，黑殼周圍會有大群蜂蛇盤踞以尋求強大龍族的庇護。

那就是讓安座真計畫脫軌的真正癥結。不只獅子王機關，蜂蛇大量發生對安座真來說同樣在意料之外。

「你不是從一開始就知道有龍族沉睡在黑殼當中嗎？所以你才讓部下在神繩湖周圍待命，為了比獅子王機關早一步辨明龍出現的位置。」

安座真不回答志緒點破的問題，只投以嫌惡的眼神。

假如沒有蜂蛇大舉出現，安座真就能輕易過濾出龍的位置才對。而且他的同夥應該已經捕獲那頭龍了，因為特殊攻魔部隊並沒有配備能對抗龍的武器。如此安排的不是別人，正是安座真。

「原來如此。就是因為那樣，自衛隊面對區區的雜碎魔獸才會陷入苦戰嗎？那些人沒有對付魔獸的強力武器可以裝備。畢竟在你抓到龍以前，要是被部下搶走獵物就沒意義了。」

曉牙城從喉嚨發出格格笑聲。

「既然目的從一開始就是龍族，會把凪沙找來參加這次儀式的理由就得到說明了。因為凪沙恰好符合讓龍覺醒的祭品條件。能不能順便透露把情報給你的幕後黑手是誰啊？」

牙城大致想像得到，卻還是語氣挑釁地說。

志緒也微微點頭表示同意。握有「第四真祖」曉古城血親的情報，而且地位足以操弄獅子王機關的人物，在政府內部也不算多。透過安座真，該名人物想利用的不只自衛隊，連獅子王機關都包括在內。只要拘押安座真，要找出幕後主使應該不是難事。

「我倒是無法理解你們在說什麼。」

安座真卻藐視地看向志緒。志緒所說的純屬想像，沒有任何具體證據。安座真似乎就是明白這些才會露出嘲笑的表情。

「我也有接獲龍族的目擊報告。不過，假設我抓到了那玩意，究竟能幹什麼？」

「明知故問。」

結果回答安座真的並不是志緒，而是易卜利斯貝爾。

長時間保持沉默的吸血鬼王子正用燃燒般的金色眼睛瞪著安座真。

「龍是財寶的守護者，殺龍奪寶永遠是騎士會幹的好事——你說對吧，咎神騎士？」

「夠了——」

安座真打斷易卜利斯貝爾說：

「想告發我，按正規手續申訴就行了。可是，現場的指揮官是我，當下妳要聽我的命令，斐川攻魔官——如果妳抵抗，只會讓所有人被拘押。」

即使內心對安座真有所懷疑，長官的命令仍是絕對的。周圍的自衛官聽從安座真指揮，同時將半自動步槍朝向志緒等人。

咬緊牙關的志緒靜靜放下了原本舉著的西洋弓。如果貿然抵抗，會連累受傷的牙城等人。她怕演變成那樣的局面。然而——

「區區人類也想拘押我？這玩笑開得不錯。你當小丑會比騎士更合適。」

易卜利斯貝爾聳聳肩笑了出來。

安座真也親自拔槍，用手槍槍口對著吸血鬼王子。

特殊攻魔部隊所用的槍彈恐怕是對付魔族用的銀鈦合金子彈，若直接命中就連吸血鬼也無法全身而退。即使如此，易卜利斯貝爾仍不停止高笑。

「你也別動。還是說，『戰王領域』的吸血鬼要動手攻擊日本的自衛官？」

哦——易卜利斯貝爾聽了安座真的警告，頗感興趣地挑眉問：

「小丑，你不打自招了。為什麼你會覺得我是『戰王領域』的一分子？」

「……這……」

安座真似乎察覺自己失策，開始含糊其辭。他舉著的手槍在顫抖。

志緒則茫然望著安座真手臂上纏的繃帶。

「因為我曾經和迪米特列·瓦特拉待在一塊嗎？畢竟我跟那個重派頭的『蛇夫』不同，這個國家少有人認得易卜利斯貝爾·亞吉茲的長相，你會誤解也是在所難免——不過基本上，你怎麼會知道我曾經和瓦特拉待在一起？」

易卜利斯貝爾加深笑意。

「目睹當時場面的，除了這些傢伙以外——也就只有咎神騎士一個人。聖殲派的走狗，要不要我讓你再一次想起是誰在你身上留了傷口？」

「唔……」

安座真的表情明顯扭曲了。他的手無意識地摸了手臂上的繃帶。

那是易卜利斯貝爾用眷獸對他造成的傷痕，顯示咎神騎士與安座真正為同一人物的不動鐵證。

「最後警告，斐川攻魔官。放下武器投降。」

安座真板著臉孔對志緒下令。

意外人物的聲音否定了那道命令。

「——沒那個必要，斐川志緒。」

安座真背後的自衛官發出了柔弱少女般的細細嗓音。同時，周圍的自衛官都一起將半自動步槍轉向安座真。

「——！」

「因為那命令不具效力。安座真『前』三佐——你在方才遭到解職了，其餘聖殲派的黨羽也是。」

「透過靈絲同時操縱人體……闇白奈嗎！」

安座真臉上失去餘裕了。

獅子王機關三聖，闇白奈的「天祐女王（Theokratia）」——

目不可視的無數靈絲由上空撒落，無情地將幾十名自衛官當成懸絲傀儡（Marionette）支配。

「你以為自己利用了我等獅子王機關嗎，安座真達巳？」

肉體支配權被剝奪的眾自衛官口中同時冒出了少女的嗓音。

「若是如此，那就算彼此彼此了。除了除去神繩湖的威脅以外，老身尚有一個目的，那就是逼出潛伏在自衛隊內部的聖殲派。」

「所以妳本來就打算用龍當餌——好把我們釣出來嗎？獅子王機關果然也知道黑殼當中有什麼……」

安座真將原本舉著的手槍甩到腳邊。

他看似放棄抵抗的動作讓白奈冒出發笑的動靜。

「聖殲派弄得到的情報，自古侍奉神緒多神社的正統巫司豈有不知之理。基本上，緋沙乃又怎麼會認同有可能累及曉凪沙的儀式？」

「這樣啊……但是事到如今，那些都無所謂了。不管目的為何，用真正的龍族當餌就是你們的敗筆，獅子王機關……」

安座真面無表情地嘀咕。

瞬時間一陣毛骨悚然，本能性感到恐懼的志緒轉向背後。紅色有腳戰車的駕駛則用外部喇叭的最高音量大喊：

『接近警報！眾人快趴下是也！』

「──什麼！」

白奈操控的自衛官全都露出驚愕臉孔。

伴隨破風咆哮，有兩頭飛龍由超低空滑翔飛來，理應待在作戰本部的沖山觀影一等特尉就跨在其中一頭背上。穿迷彩裝的她逐漸被詭異服裝包裹全身，銀黑色的魔法師斗篷──

「沖山一尉？難不成妳也有份──！」

志緒一邊保護野戰床鋪上的牙城一邊忍不住大叫。不只部隊指揮官安座真，就連輔佐他的沖山都是聖殲派的一員。

安座真當著動搖的志緒等人眼前跳上飛龍，身影逐漸遠離。

「沒想到飛龍有兩頭……真會找樂子。」

易卜利斯貝爾目送著飛離的安座真等人，嘴裡猙獰地嘀咕。對他而言，安座真背叛還有跟獅子王機關的對立終究是他人之事。

「易卜利斯，龍的位置找到了。古城也跟龍在一起。」

藍羽淺蔥從有腳戰車的艙口探頭告訴吸血鬼王子。她手裡握著疑似個人物品的粉紅色智慧型手機。

「我明白了，我們追。帶路吧，淺蔥。」

易卜利斯說著便爬上戰車的腳。有腳戰車當場繞了一圈，然後丟下志緒等人飛速出發。他們打算追擊安座真等人。

「唯里……」

被留在現場的志緒低聲嘀咕唸著好友的名字。

從狀況來想，唯里大有可能在龍族旁邊。這樣下去，她恐怕會有高機率跟安座真接觸。

可是，志緒目前沒有能幫唯里的手段。

「不要緊。剩下的交給那些傢伙吧。」

「曉牙城……」

牙城摸了摸志緒的頭，似乎是在關心看起來快哭出來的她。

要把受傷的牙城的手揮開很容易，志緒卻不知為何沒有這麼做。或許是對方故作親暱的手掌傳來溫暖，讓她有種不可思議的安心感。

「幹得好，志緒美眉。」

牙城的口氣就像在安撫小朋友。

默默點頭的志緒害羞似的臉紅了。

5

「……要我們交出葛蓮妲是嗎？」

曉古城慵懶地望著高大的自衛官——上柳二尉，誇張地聳了聳肩。

羽波唯里仍然保護著龍族少女，並且訝異地張大眼睛看著插話的古城。

「欸，我想問一件事。你們怎麼會知道龍的名字叫葛蓮妲？明明連身為保護者的這個女生都是剛剛才曉得的。」

對吧——古城探頭看了唯里的眼睛確認。

唯里咬著嘴唇點頭。知道葛蓮妲名字的只有她以及之前坐在卡車上遇襲的自衛隊員，上柳應該沒有機會得知葛蓮妲的名字。

「假設你們得到情報——知道龍族會變身成女孩子，在這裡的盡是一些外表比龍族更奇特的傢伙。你怎麼能分辨誰是真正的葛蓮妲？」

古城說著便毫不客氣地朝深洋少女組眾人看了一圈。

年齡、國籍與髮色各異的神祕美女集團。以槍械武裝的她們幾個在這裡，全都比葛蓮妲更加突兀。而且她們穿的是和葛蓮妲同款的迷彩軍用外套，要在這當中認出誰是真正的葛蓮妲幾乎不可能。

只有從一開始就曉得葛蓮妲詳細特徵的人才辦得到那種事。換句話說，只有銀黑魔法師的同夥才有辦法。

「小鬼——」

上柳憤怒得表情扭曲，直瞪著古城。

「你就是沖山一尉報告中的第四真祖嗎？雖然她交代要盡可能避免交戰，照這情況看來是不得已了——」

上柳動作十分自然，而且像是給人打信號一樣地舉了右手。

瞬時間，唯里從背後拔出長劍。

唯里清楚看見古城的臉孔遭人狙擊並且炸開。

然而，在狀況發生於現實以前，她的劍先將飛來的槍彈劈落了。

那是唯里洞見未來的能力。獅子王機關的劍巫看得見片刻之後的未來——

「唔喔！」

古城看到火花在眼前飛散才終於發出驚呼。

此時雪菜往上拋出的金屬咒符，已經幻化成銀狼姿態撲向狙擊手了。雪菜預先洞見唯里擋下狙擊的未來，才會採取更下一步的行動。那依舊驚人的才華讓唯里咋舌。

「雪菜（小雪）！」

「好的，唯里！」

擔任上柳部下的自衛隊員同時將手指湊到扳機。

然而，他們的攻擊沒有危及古城等人。因為成雙衝出的唯里和雪菜對上柳的部下發動了奇襲。

由於他們採取包圍陣形，被鑽到內側就變得不堪一擊。害怕誤射自己人而不敢開火的那些隊員陸續被唯里和雪菜像砍稻草束一樣輕鬆擊垮。

兩人彷彿完全了解彼此下一步的默契，讓隊員們無法應付。

上柳的部下遭受兩名劍巫猛攻，人數在轉眼間劇減。

「好、好強……」

古城啞口無言似的驚呼。

自衛隊特殊攻魔部隊的單兵實力不低，然而碰到奇襲，加上他們大概將唯里和雪菜當成小女生小看，結果根本連抵抗都辦不到，戰力便逐漸癱瘓了。

即使如此，毫髮無傷地撐到最後的上柳還是不簡單。

「……神啊，我等的神啊，賜我報復的力量——」

跑向輪式裝甲車的上柳從腰包裡掏出了奇怪的道具。那是銀黑色的護手，類似於中世紀騎士配戴的手甲。

在上柳用護手觸碰輪式裝甲車的瞬間，車身輪廓起了變化。

金屬裝甲開始融化流動，逐漸轉變成酷似甲蟲的外形。那和銀黑魔法師之前操縱的人型傀儡一模一樣。

「這是……？」

「雪菜，妳退開！」

唯里推開疑惑的雪菜並且上前。雪菜的七式突擊降魔機槍無法打破裝甲車的防禦，摧毀無機物屬於改良型六式降魔劍的分野。

「咦！」

可是，唯里的劍一接觸到包覆裝甲的黑膜，頓時發出玻璃摩擦般的刺耳聲響，硬生生被彈開。還是跟最初對付傀儡時一樣，改良型六式降魔劍的模擬空間斷層失效了。

「糟糕——！」

當著架勢瓦解的唯里眼前，原本曾是裝甲車的怪物起身了。它舉起巨大前肢來襲，想將唯里踩扁。唯里拚命縱身往後閃，但怪物的身手遠比預料中的快，而且攻擊的有效距離實在太遠。

「『龍蛇之水銀（Al Meissa Mercury）』——！』

拯救唯里脫離絕命危機的，是古城召喚的眷獸。

交纏相繞的水銀色雙頭龍張開巨顎，撲向銀黑色甲蟲。但是——

「什麼！」

古城發出純粹的困惑之聲。雙頭龍的攻擊應該能直接咬穿空間，卻在觸及甲蟲的裝甲前被彈開。

雖然衝撞的力道將甲蟲的巨軀震飛，其表面卻幾乎無損。古城的眷獸沒能將它吞噬。和銀黑魔法師的飛龍一樣——那是讓魔力失效的能力。

「請趴下～～！」

束手無策的古城等人背後忽然傳來了輕快的警告聲。

有東西從立刻彎腰的古城頭上飛馳而過。

古城一回頭，就看見戴著黃色貝雷帽的深洋少女組成員正扛著金屬製長筒。是反戰車火箭筒。

「咦！」

甲蟲在顫慄的唯里等人眼前被炸翻了。

面對單純的射擊兵器，能讓魔力失效的黑膜也發揮不了作用。連戰車的正面裝甲都能射穿的成形裝藥彈頭輕鬆貫穿甲蟲的外殼，將其炸得四分五裂。

「唔……『資訊』……我的『資訊』……！」

被甲蟲從體內吐出來的上柳正捂著自己差點斷裂的手臂掙扎。

從他的肉體流出了狀似石油的黑色液體。那些液體散發著青白色光芒，還沒有落到地面就逐漸融於虛空。上柳配戴的銀黑色護手將他的肉體也轉換成人類以外的東西了。

「他沒有痛覺嗎……？這傢伙是什麼玩意……！」

「第四真祖，他們是聖殲派的人。」

繫著白緞帶的深洋少女從心生動搖的古城背後回答。

「聖殲派？」

「請想成是一支偏激分子（恐怖分子）。他們是使用特殊魔具的團體。」

「魔具……！Zen Force那群人用的那玩意嗎……！」

同組裡綁著黑緞帶的少女做了說明，讓古城唸唸有詞。

「是的。而且他們用的魔具是『聖殲』的遺產。」

「雖然都是以品質粗劣的複製或損傷品為主，還是請你留心——」

「嗯，我懂了。」

古城對於她們的忠告點點頭，口裡則嘀咕：不妙了。

之前古城也跟體內裝有魔具的士兵交手過。被稱為魔義化步兵（Sorceress Soldier）的那群人得到了足以壓倒一般魔族的不死之身與戰鬥力。

上柳的魔具能讓機械變樣並且製造出傀儡，凶惡程度甚至勝於那群魔義化步兵。就算古城召喚眷獸，火候不足的攻擊也不會管用。話雖如此，要是發動的攻擊強過魔具讓魔力失效的能力，鐵定會要上柳的命。

古城的眷獸原本就難以駕馭，實在不適合對付這種敵人。

「可惡……我不會放過……我不會放過你們……！」

「什麼……？」

當著猶豫的古城等人眼前，上柳再次靠近輪式裝甲車。他打算讓剩下的兩輛裝甲車融合，以創造新的傀儡。被犧牲的攻擊力大概都用於加強防禦了，創造出來的是酷似古代甲龍（Ankylosaurus）的重裝甲爬蟲類。

深洋少女組的黃色成員再次發射反戰車火箭筒，其他四人也各自用反物資步槍及無後座力砲拚命開火，任何一項都是能一發解決普通魔獸的強大武器。

可是，上柳的鎧龍安然無事地撐過了那些攻擊。

「那傢伙……表示它直接繼承了裝甲車的牢固嗎……」

古城想起上柳有提到「資訊」這個字眼。

古城感覺到那項魔具或許不是單純將機械轉變成傀儡的道具。上柳創造的傀儡具有和裝甲車相同的性質與能力——換言之，就是賦予「資訊」創造出的新生物。

將工業製品變成生物的魔具，機械與生命的等價交換。那超越了人類所用道具的範疇，只有神器才能辦到那種事。

那就是聖殲派使用的銀黑色武器——咎神魔具的真面目。上柳的肉體會逐漸變成非人之物，說來大概就是用了神之魔具所付的代價。

要是他繼續使用魔具，遲早會無法當人類才對——

「學長。」

雪菜一邊擺出眼熟的架勢一邊看向古城。

唯里露出納悶臉色。她無法立刻理解劍巫學妹想做什麼。

「姬柊？這樣啊——」

可是，古城卻在和雪菜對上目光的瞬間就完全領會她的用意。

連配合時機的信號都不用，兩人趁著巨大甲龍迴身的空檔同時發動攻擊。

「——『雪霞狼』！」

雪菜的長槍消除了蓋住甲龍表面的漆黑薄膜。

果然與闇誓書那時一樣。「雪霞狼」的神格振動波可以斬除萬般結界，也能讓魔力無效化屏障失去其效果。

「什麼！」

大半肉體已經和甲龍融合的上柳愕然驚呼，並且停下動作。

於是，在他的眼前出現了另一匹眷獸。扭曲如蜃景的濃密氣層，暴風及震動具現而成的深紅雙角獸（Bicorn）。

「迅即到來——『雙角之深緋（Alnas Minium）』！」

雙角獸與宿主古城的戰意產生共鳴，張口發出狂吼。

連高樓大廈都能震垮的超振動獸蹄粉碎了甲龍的外殼。在第四真祖眷獸的力量之前，兩輛裝甲車的防禦力形同脆弱糖雕。

傀儡碎散得不留原形，只剩外表與金屬融合的上柳摔在地上。

「唔……區區魔族竟然將我……」

上柳一邊冒出類似石油的液體一邊恨恨地瞪著古城。他的身體有一半已經與機械融合，連動彈都無法隨意。無論他恨意有多深，大概都不能繼續戰鬥了。

無奈搖頭的古城正想解除雙角獸的召喚。

「——古城！」

隨後，唯里尖聲對他發出警訊。

唯里正望著雙角獸頭上。

飛龍張開銀黑色翅膀，從上空對準古城的眷獸急速飛降。

深紅雙角獸遭到身上罩著漆黑極光的飛龍猛撞，姿勢嚴重不穩。古城的眷獸沒有受傷，但是受了魔力無效化的黑色薄膜影響，行動自由遭到封鎖。跨在飛龍背上是一開始襲擊唯里等人的銀黑魔法師。

「是剛才的扮裝女嗎！」

「不對，學長！還來了另一個人——！」

「咦……！」

正如雪菜所說，飛來的飛龍有兩頭。趁第一頭飛龍制住古城的眷獸，另一頭就貼著地面滑翔降落在上柳身旁。騎乘在第二頭飛龍背上的，是個身穿銀黑色騎士鎧甲的高大男子。

「安座真三佐！」

上柳擺著崇敬銀黑騎士的姿勢發出歡呼。

那句話讓古城等人受到衝擊。因為安座真是上柳在和唯里交涉時，曾經提到的自衛隊指揮官姓名。

「三佐，感謝你帶援軍過來！請給我『資訊』，給我更強的『資訊』——」

當古城等人投以困惑視線時，上柳朝銀黑騎士伸手求援了。

全身被騎士鎧甲包覆的安座真則面無表情地低頭看了上柳。

「上柳二尉，這次能拖住葛蓮妲，辛苦你了——」

安座真不帶感情且語氣平板地說完以後，便用手裡的騎槍對著上柳。接著，他隨手將騎槍鋒利的尖端捅向對方。

「咦？」

上柳傻愣愣地低頭看著捅在自己胸膛的騎槍。

於是，他的全身變成了發亮的無數光點，逐漸被吸進騎槍當中。

「三……佐？為何……」

「憑你那不完整的魔具，力量僅限於此。我現在就讓你痛快——」

上柳還來不及聽完安座真最後一句話，身影就消失無蹤了。他被轉換成那些人說的「資訊」，然後讓安座真的騎槍吞噬了。

「啊……啊……」

在驚訝得無法吭聲的古城等人背後，鐵灰色頭髮的少女發出了尖叫。

「啊啊啊啊啊啊啊啊啊啊啊——！」

「葛蓮妲？」

唯里拚命想安撫嚴重失去理智的葛蓮妲。

古城和雪菜判斷讓唯里落單會有危險，都匆匆趕向她那邊。

「冷靜點，葛蓮妲！到底發生什——唔喔喔喔！」

當古城想將手放到她肩上時，驚人的衝擊力瞬間撲向古城。

葛蓮妲撕開身上穿的軍用外套，肉體質量忽然膨脹了幾十倍。是龍族化。

「學、學長！」

「抓住我，姬柊！」

古城朝差點被葛蓮妲從背上甩落的雪菜拚命伸出手。

在他勉強抓緊雪菜纖細的手腕時，強猛得幾乎要讓內臟都噴出來的加速度瞬間湧向古城等人。

帶有魔力的巨大翅膀在古城等人的頭上大幅拍動。龍族化的葛蓮妲無視於物理法則，急速騰空飛起。

「呀啊啊啊——！笨葛蓮妲——！」

被龍用前腳抓著的唯里幾乎哭著放聲叫了出來。

古城一邊因撲來的狂風而感到窒息，一邊茫然望著地面離他而去。

幕間iv

迪米特列・瓦特拉正站在淡季不對外開放的露營區。

他身邊有整片慘不忍睹的破壞痕跡，用裝甲車等現代兵器製造出的奇妙傀儡殘骸四處散落，還微微冒著白煙。

聖殲派支援部隊盤踞的野營處受到了瓦特拉單槍匹馬的閃電攻擊。這時候吉拉・雷別戴夫與特畢亞斯・加坎應該各自在掃蕩敵人的其他巢穴。

以結果而言，瓦特拉等於是和獅子王機關聯手制敵，但他的目的並不在此。瓦特拉會襲擊聖殲派當然有他的理由。

可以和使用特殊魔具的敵人交手當然也是理由之一。

雖然戰局到最後還是如他所料，成了單方面的蹂躪。

「看來你似乎玩得很愉快，奧爾迪亞魯公。」

當瓦特拉調查自己摧毀的傀儡殘骸時，有陣悠然的問話聲傳來。來者是阿爾迪基亞王國的美麗公主——拉・芙莉亞・立赫班。

「好說好說，公主。妳會親自出駕，目的可是他們的魔具？」

瓦特拉一邊用作戲的語氣回答一邊當場跪下。

他模仿侍奉君王的忠心騎士，將某件物品獻給了拉．芙莉亞。那是一把銀黑色的法杖（Wand），半已毀壞的古老法杖。

「若不嫌棄，這東西就獻給妳了。當成紀念我們再會，請笑納。」

「異境（挪得）的魔具……果然是複製品嗎？」

拉．芙莉亞從吸血鬼貴族手中接下折斷的法杖，興趣濃厚地端詳。

瓦特拉拍了拍大衣下襬，若無其事地起身。

「功能已經停止了。即使如此，分析後還是有用處吧。」

「也對。感謝你，迪米特列．瓦特拉。」

拉．芙莉亞召來守在背後的護衛，將折斷的法杖交給她。

哎呀——隨後，公主感到意外地瞇起眼睛。她在燒毀殘留的大型拖車死角發現了聖殲派的生存者。

是個穿著濃綠色工作服，疑似機工人員的男子。然而，他的半邊身體已經和拖車車體融合，變成了非人之軀。石油般的黑色液體正從裂開的肉體表面不停流出，一滴滴地化為光芒消滅。

就這樣放著不管，他也會喪命——不，他也會自行消滅才對。

從這個世界消滅得不留痕跡。那就是碰了異境魔具的末路。

「妳身為一國公主，還跟骯髒的魔族交好嗎？母狐狸！」

男子擠出最後的力氣對拉・芙莉亞咒罵。

然而，王女同情似的悠悠搖頭說：

「靈魂真正汙穢的，分明是為了私慾及仇恨而追求殺戮破壞的你們這些人。」

「要妳多嘴，母狐狸……我們的願望是讓世界回復真正的面貌！回復成沒有你們這種怪物，既清淨又平等的世界！」

男子齜牙咧嘴地嘶吼。

拉・芙莉亞將他的話聽到最後，靜靜地露出了微笑。

如結凍冰河般美麗又冷酷的微笑——

「如果你真心認為，靠著以血玷污大地後即遭到世界放逐的咎神之力能讓清靜平等的世界實現，那還真是痴心妄想。」

「什麼……！」

「請放心，我不會就這樣讓你死，在你將所知的所有情報毫不保留告訴我們以前——」

「慢、慢著……妳想做什……住手……住……！」

男子恐懼而扭曲的臉原模原樣地在凍結後停住了。

拉・芙莉亞戴在右手的戒指正綻放出澄澈的藍色光輝。

魔導技術大國阿爾迪基亞自豪的高階凍結魔法。儘管規模小，威力也低，卻與過去叶瀨夏音化身成模造天使(Faux-Angel)時所用的能力相同。異境魔具在男子肉體引發的瓦解現象，如今已完全停止。

看著前後過程的瓦特拉也滿意地露出微笑。

對於身為稀世戰鬥狂而馳名的他來說，其他人的價值只決定於與之為敵的棘手程度。阿爾迪基亞公主展現的一招半式足以讓瓦特拉滿意。那使他心情大好。

拉・芙莉亞明知瓦特拉對自己懷有扭曲的好感，還是一副裝作不知地望著剩下的拖車。

那是用來維護對地攻擊直升機的專用拖車。

可是，應該一起被運來的兩架攻擊直升機卻不見蹤影。

「原來如此……他們是將戰鬥直升機的『情報』當成祭品奉上才創造出飛龍的。這是咎神魔具原本的力量嗎？」

似乎沒錯──瓦特拉表示同意。

「而且他們在某種程度內可以自由操控來自異境的侵蝕。多虧亞吉茲王子相助，才得到了貴重的數據。」

「異境侵蝕……對吸血鬼來說，果然是棘手的力量嗎？」

公主將手湊到嘴脣問。瓦特拉愉悅地聳聳肩問：

「妳在擔心古城？」

「對呀，當然了。那一位遲早要成為我的伴侶。」

拉·芙莉亞用分不出是說笑或認真的做作語氣回答。

擔任公主護衛的女騎士表情苦惱地扶著額頭，瓦特拉則越顯愉快地笑了。

「而且我掛心的還有一點——」

「該隱的巫女，對嗎？」

瓦特拉接著把公主的話說了下去。

點頭的拉·芙莉亞臉上笑容已在不知不覺中消失。

「是的。咎神騎士明知她人在此處，卻好像不感興趣。何止如此，他甚至沒有避免讓巫女受戰鬥波及。」

「想得到的可能性有兩種。」

瓦特拉裝模作樣地豎起兩根手指，然後立刻改成一根。

「也許他們不曉得有該隱的巫女存在。自詡為聖殲派還這樣未免太不中用，但我沒辦法斷言絕無可能。」

「另一種可能性是？」

拉・芙莉亞優美地偏著頭問。

瓦特拉扳起第二根指頭，並在一瞬間露出猙獰的笑容繼續說道：

「還有另一個該隱的巫女。」

「莫非——」

拉・芙莉亞聲音顫抖。

瓦特拉滿意地望著動搖的公主笑了笑，然後張開雙臂仰望天空。

「真不錯……事情開始有趣了不是嗎？那座島，果然深受混亂寵愛呢——」

第五章　自異境歸來

Return From The Farthest World

1

巨龍拍動帶有魔力的翅膀升空。

受振動與狂風不停擺弄的古城緊抓著龍的頸根。

「葛蓮妲，冷靜下來！妳想去哪裡——！」

古城拚命叫喚的聲音傳不進亢奮的葛蓮妲耳裡。龍族少女在恐懼驅使下，漫無方向地一心想遠離銀黑騎士。

「唔喔——！」

葛蓮妲的身軀被氣流吹得劇烈搖晃。

古城的身體一個不穩滑了下去。他無意識地伸出右手想抓住龍的背鰭，卻愕然發現毫無手感。失去感覺的右手動不了，原因出在被「寂靜破除者」貫穿的傷。

不妙——無助的飄浮感湧上，古城發出咕噥。會摔下去——

在古城如此覺悟的瞬間，他的右臂被人抓住了。

「學長！」

右手握著銀槍的雪菜單用左手將差點摔落的古城抓穩。她硬是靠咒力強化膂力強行將人拖上來。

「姬柊！抱歉，讓妳救了一命。」

古城趴著用青蛙般的姿勢再次攀附於龍的肩膀。由於彼此都只有一隻手能用，他與雪菜互相貼緊才勉強讓姿勢穩定。

「請學長抓緊！」

「好、好啦。呃，可是——」

古城臉上的陌生觸感讓他猶豫地有話說不清楚。

「怎麼了嗎？」

「不是啦，妳的胸部直接貼在我臉上——」

能不能稍微挪一下——古城話還沒出口，側臉就狠狠地挨了一記肘子。

「白、白痴，會摔死會摔死會摔死——！」

「還不是因為學長講話那麼下流！」

雪菜不情願地朝差點又往下摔的古城伸手。

古城腫著臉，無奈地搖頭問：

「對了……那個叫唯里的女生呢？」

他一面想到自己還沒問對方姓氏，一面尋找應該在附近的唯里。

古城戰戰兢兢地從龍族化的葛蓮妲肩膀上探出頭，唯里緊抓著巨龍前肢的身影便映入了眼簾。

她穿的制服裙子順著上升氣流飄起，罩著絲襪的大腿根部美麗線條一覽無遺。話雖如此，唯里也無法伸手遮掩——

「不、不要看——！」

她含淚拜託古城他們。

「……她似乎還好。」

古城確認過唯里平安，就悄悄地恢復原本的姿勢了。雖然唯里也相當折騰，但好像沒有迫在眉睫的生命危機。

可是在安心的古城後頭有雪菜繃緊身體的動靜。

「還沒結束，學長！」

「咦……？」

在古城認清狀況以前，巨龍的身軀就受了衝擊而震動。

龍族化的葛蓮妲忍受著痛苦掙扎，並且發出悲痛的咆吼。

漆黑球體疾馳飛過了她的旁邊。

是槍擊——古城警覺。有人從後面追上他們，正在對葛蓮妲發動攻擊。

「剛才的飛龍嗎……！」

回頭的古城眼裡看見了銀黑色飛龍。跨在飛龍背上的是穿騎士鎧甲的男子。間隔片刻，女魔法師騎的另一頭飛龍也跟上來了。

騎士鎧甲男子舉起騎槍。古城發現那把騎槍的形狀變了。目前的外形與其稱為長槍，更像是巨大的步槍。那把騎槍是可以根據接觸過的機械「資訊」改變自身形態的武器。

漆黑球體就是騎槍射出的子彈。

葛蓮妲載著古城等人，閃不過那種攻擊。全身遭受好幾發槍擊的龍族少女發出長嘯。

「葛蓮妲——！」

關心葛蓮妲的雪菜拚命呼喚。或許是呼喚有效才免去了葛蓮妲陷入混亂，將古城等人全部甩落的最糟局面。可是再這樣承受攻擊，葛蓮妲的體力遲早會耗盡。

「抱歉，姬柊——扶我一下。」

古城邊說邊在不穩定的龍背上站了起來。

發現古城想做什麼的雪菜臉色緊繃。

「學長，不可以。用了眷獸，你的傷又會——」

「現在不是留手的時候吧——迅即到來，『雙角之深緋』！」

古城忍著反作用力與右手湧上的劇痛召喚出眷獸。

令空氣扭曲的深紅雙角獸現身，朝著飛翔的飛龍放出近似砲彈的咆吼。

穿騎士鎧甲的男子——安座真卻似乎料到了古城的反擊，不慌不忙地掀起漆黑斗篷，展開巨大的防護膜。

實際上，深紅雙角獸的攻擊是衝擊波形態的魔力團塊。正因如此，從中催發的強大破壞力在這次恰好適得其反，銀黑騎士創造的防禦障蔽會讓魔力直接造成的攻擊失效。

「眷獸的攻擊果然沒效果……既然這樣！」

古城露出認栽似的笑容，然後命令深紅雙角獸抬升高度。

即使眷獸的魔力直接命中，也無法打倒那頭飛龍。但另一方面，他們身上籠罩的漆黑極光卻防不了深洋少女組發射的反戰車火箭砲，表示只要是無關於魔力的攻擊，就能對那些傢伙造成傷害。

古城對眷獸下令，要它朝翱翔於眼底的兩頭飛龍急速俯衝。

同時，古城更徹底放棄對眷獸的管控，讓濃縮的魔力無限制解放。

雙角獸無法維持實體，變成了巨大的振動及暴風團。那股力量化為無數旋風，開始攪拌周圍的空氣。

氣壓急劇改變，讓耳膜嗡嗡作響。

布滿地表的群樹被連根拔起，連同大量沙石飛舞在空中。

彷若天災——或者程度更甚的災禍。

地毯式轟炸般的壓倒性摧毀。山丘稜線被剷去，岩層崩落，只見周圍的地形逐漸改變。

匹敵一座都市的廣大面積被狂風掀翻了。假如不是在深山中的無人地帶，應該已經出現幾萬名犧牲者。

「太、太過火了……」

雪菜臉色蒼白地看著眷獸失控。

古城許久沒有目睹第四真祖眷獸原本的威力，連他自己都變得說不出話。

萬一是在絃神島上空解放這股力量，那座島現在應該已經消失得不留痕跡。還好過去沒有隨便嘗試——古城打從心裡鬆了一口氣。

在這種狂亂的氣流與暴風裡，飛龍當然不可能繼續飛行。敵人就算能讓命中的魔力失效，對於翻攪的大氣也無可奈何。

古城確認過安座真等人放棄追蹤，才解除了召喚的眷獸。

一度出現的龍捲風卻無法憑古城的意志改變。

古城茫然望著山坡表面被切削以及陸續發生的山崩。雪菜責備似的目光扎得他臉頰刺痛。緊接著——

「葛蓮姐……？」

理應在暴風圈外的巨龍身體大幅傾斜了。

大概是受傷的影響，也或許是精疲力盡的關係，葛蓮姐失去了意識。

巨龍翅膀失去拍動的力氣，支撐不住自己的龐然身軀。

葛蓮姐帶著背上所載的古城等人，一路往地上墜落。

「呀啊啊啊啊啊啊啊──！」

唯里覺悟到死亡的尖叫聲一直迴盪於冬季灰濛的天空。

2

羽波唯里聽到第四真祖的傳聞，是在入夏前夕。

不死且不滅，不具任何血族同胞，不求支配，率有災厄化身之十二眷獸，只顧啜飲人血、殺戮、破壞──超脫世理的冷酷無情吸血鬼。

那樣的怪物既已出現在這個國家的某處，獅子王機關會不會派人去抹殺他？在住宿制的名門女校兼獅子王機關培育設施的「高神之杜」學生之間有如此的情報在轉眼間傳開，將她們推落恐懼深淵。

話雖如此，那終究是沒有根據又無需負責的傳言。話題退燒和傳開的速度一樣快，不消多久就被人遺忘在記憶的彼端了。

在這種情況下，唯里卻從意外人物的口裡聽到了第四真祖的事。

獅子王機關的三聖，閑古詠。

第四真祖的真面目是住在絃神島的高中生，而且和唯里同年。要被派去監視他的劍巫候補名單中，就有唯里的名字——

唯里對此感到驚訝，而且害怕。

另一方面，她也懷有微微的期待。

自己在監視身為同年男生的第四真祖的過程中，會不會和他發展出浪漫關係呢？簡單說就是這樣的天真期待。除了在宿舍與唯里同寢室的斐川志緒以外，沒有人知道唯里最愛看老套的少女向戀愛漫畫這件事。

不過，唯里最後並沒有被選為第四真祖的監視者。

理由十分單純，其一是唯里無法駕馭七式突擊降魔機槍。做為獅子王機關的祕藏兵器，七式突擊降魔機槍並不能配合使用者進行調整。因此能不能駕馭這項武器，並非靠使用者的能耐或技術，而是受人與槍之間的契合度左右。實際上，似乎連閑古詠都無法完全發揮七式突擊降魔機槍原本的能力。

唯里沒被選為監視者的另一個理由在於她不是孤兒。

在高神之杜生活的少女們中，唯里是少數家人還健在的。她的父母是獅子王機關的職員，還有個年紀相近的弟弟。

當然，唯里並沒有意思仗著父母的關係當劍巫。不過，上層顧慮到她的家人，就將她從監視第四真祖的危險任務中剔除了，這倒是可以想見的事。

所以，唯里到現在對雪菜還感到愧疚。

如果她能把七式突擊降魔機槍用得更好——

還有，如果雪菜也和她一樣有家人——

說不定監視第四真祖的危險任務就是由唯里接下了。

「妳醒啦？呃……唯里……」

在柴爐微微發亮的火光照耀下，那個第四真祖朝唯里搭話了。

雖然和唯里心目中為吸血鬼真祖描繪的俊秀形象相差甚遠，對方仍算是長相有魅力的少年。在木屋風格的陌生建築物裡，他正伸長腿坐在地板上。

「古城？這裡是？葛蓮妲呢……？」

唯里一邊摸索模糊的記憶，一邊緩緩地撐起上半身。

瞬時間，左臂隱隱作痛。那是騎飛龍的騎士攻擊唯里所造成的傷。多虧有葛蓮妲保護，傷勢並不重，不過短期內大概無法用左手揮劍。

在那之後，唯里記得自己抓著龍族化的葛蓮妲手臂，從天空摔落至地面。而且在撞上地表的前一刻，她的視野被銀霧籠罩了。

正確來說，唯里遭遇了宛如自己變成霧氣的異樣感覺。

在那陣驚人的濃霧當中，她似乎曾經看見巨大甲殼獸的身影。或許那其實是第四真祖的眷獸。

將自身肉體轉變成霧氣移動是眾多吸血鬼具備的特殊能力。但唯里並未聽說過有除了本人以外，連周遭所有物體都一起霧化的現象。這次能復原倒還好，坦白講一想到他對眷獸的操控要是出錯就讓人毛骨悚然了。

總之，唯里和葛蓮妲又被古城救了。

要先向他道謝才行——唯里正要開口，就發現古城困擾似的把臉轉開了。

「啊……抱歉。麻煩妳……遮一遮。」

堅決不跟唯里對上眼睛的古城嘀嘀咕咕。

「呀……呀啊啊啊啊啊！」

瞬時間，發現自己沒穿制服的唯里尖叫出來。幸好內衣還穿著，但是根本於事無補。在男生面前大刺刺地裸露肌膚，對她而言當然是頭一次經驗。唯里連在弟弟面前都不曾露出這種模樣。

「——你對唯里做了什麼，學長！」

雪菜聽到唯里的尖叫聲，連忙從木屋裡面快步趕來瞪著古城。

她看見唯里只穿內衣的模樣似乎就明白了大致情況，並且深深嘆息說：

「你真的是讓人一點也鬆懈不得的吸血鬼耶……」

「剛才那不是我一個人導致的吧！」

古城嘔氣般托著腮幫子反駁。實際上狀況正如他所說，因此唯里只能露出無助的笑容。

「妳能動嗎，唯里？我只有先幫妳做急救。」

雪菜擔心地看著唯里纏繃帶的左臂問。

幫唯里脫掉制服的人似乎是她。

「謝謝妳，雪菜。我的傷不要緊。重要的是，這裡是……？」

「我想是給登山客用的山中小屋。因為自衛隊封山的關係，都沒有人的樣子。」

「這樣啊……」

唯里確認過睡在自己旁邊的葛蓮妲平安，放心地吐了氣。

應該是古城和雪菜發現墜落地點附近碰巧有這棟山中小屋，就將唯里她們抬過來了。從外面的天色明亮度判斷，唯里失去意識大概有兩三個小時。

「再過一會，淺蔥……我的朋友就會來接我們。畢竟葛蓮妲好像也還動不了，現在先躲在這裡比較好吧。而且太陽就快下山了。」

「嗯，也對。」

唯里一邊穿上雪菜遞來的制服，一邊同意背對著她的古城。

躺在同一個被窩的灰髮少女動了動身體，像跟母親撒嬌的貓咪一樣朝唯里貼了過來。

「唯里～……唯里～……」

「葛蓮妲，妳的傷沒事吧？」

「妲～」

口裡呼喚著奇怪字眼的葛蓮妲似乎睡得還有點迷迷糊糊，唯里則摸了摸她的頭髮。

深洋少女組準備給葛蓮妲的衣服在龍族化時又撐爆了。現在她身上只穿了曉古城原本穿著的男款白色連帽衣。

被鬆垮垮的連帽衣罩著的葛蓮妲身上並無顯著外傷。確認過這一點的唯里捂了捂胸口。

「所以說……結果這個女生是什麼人？她被安座真盯上的理由是什麼？」

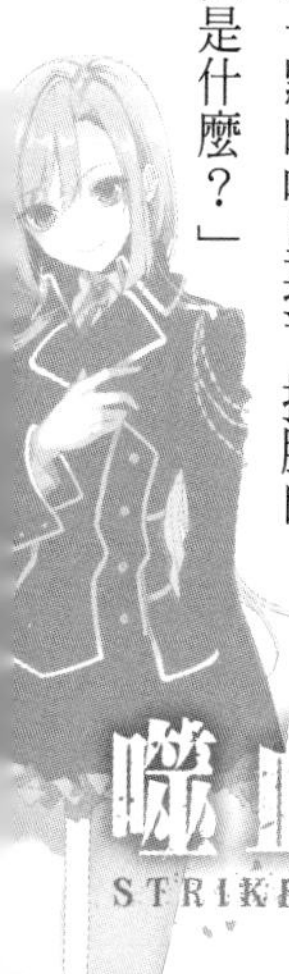

「我也完全沒有頭緒。」

唯里朝終於轉身面對她的古城無助地搖頭。

我想也是──古城顯然很失望。既然不曉得被盯上的理由，就猜不出安座真那些人的下一步行動，要保護葛蓮妲也會有極限。

唯里姑且將認識葛蓮妲的前後情形向古城和雪菜全部說明了一遍，然而兩人臉上只露出困擾似的表情。身為當事人的唯里也不太清楚狀況，他們自然更無法理解。

可以轉達的情報分享完以後，只有短暫的沉默降臨現場。

宛如野獸低鳴的「咕嚕咕嚕」聲打破了那片尷尬的寂靜。

那是唯里肚子餓得吃不消的空腹聲。

仔細一想，唯里從今天早上就完全沒進食，應急的乾糧餅乾全被葛蓮妲搶走了。加上回神以後，山中小屋裡飄散出好香的味道，擺在柴爐上的鍋子裡有東西正在煮。

「廚房有剩應急食品，所以我熱了一下。」

雪菜一邊含蓄地說一邊分食物。

用料豐富的蔬菜湯搭配乾麵包、巧克力棒一類的零食。對於快餓昏的人而言，實在是頓迷人的大餐。猛一看，連睡迷糊的葛蓮妲都馬上啃起了乾麵包。

「謝謝妳，雪菜（小雪）。總覺得都是讓妳幫忙耶。」

「不會。妳以前常常照顧紗矢華啊。現在能報恩真是太好了。」

「啊哈哈。煌坂以前常常跟志緒吵架嘛。」

唯里一邊舀湯到嘴裡一邊懷念地笑。斐川志緒和煌坂紗矢華同學年又同為舞威媛候補，而且兩人都個性好強，總是一有機會就要較勁。被迫幫忙善後的，大多是和她們同寢室的唯里和雪菜。

「原來……妳們從小時候就認識了嗎？」

古城露出覺得不可思議的表情問。

雪菜大概不習慣聊自己的過去，顯得有些害羞地低著頭說：

「是啊。因為學年不一樣，所以沒什麼機會直接講話就是了。」

「倒不如說，雪菜（小雪）跟誰都不太講話呢。或許可以說是孤傲吧，她從小就格外冷靜，在模擬戰時有點恐怖。」

唯里感慨地看著眼前的漂亮學妹說。

雪菜聽了那些話，訝異似的眨了眨眼。

「孤……孤傲？恐怖？」

「嗯。妳打贏時不會笑，跟妳講話時也不理不睬。我全力搞笑卻得不到反應時，真的好洩氣。」

「那、那只是因為我在比賽前很緊張……」

雪菜軟弱地辯解。然而，唯里被她可愛的表情刺激到惡作劇心理，又「呵呵呵」地繼續說了下去：

「妳那時候正經八百的，成績又出色。該怎麼說呢，感覺就是好難親近。」

「原來我以前是被這樣想的啊……」

唯里看雪菜真的受到打擊，心裡稍微做了反省。好久不見的雪菜依然一派正經，感覺有點逗趣。

「啊，不過妳並沒有被討厭喔，畢竟有很多學妹崇拜妳。就是因為那樣，當妳獲得七式突擊降魔機槍而成為第四真祖的監視者時，我也可以認同。中選的果然是妳。」

古城聽到唯里急忙幫雪菜緩頰，便有所領會似的開口問了一句：

「這樣啊……妳也是劍巫，表示原本也有可能是由妳代替姬柊搬到我家隔壁嗎？」

「咦？雪菜（小雪），妳住在古城家隔壁啊？」

唯里訝異地盯著雪菜。雪菜則對她誇張的反應露出納悶臉色說：

「是的。因為這是任務。」

「喔喔～……原、原來如此。」

唯里心慌的理由有一半當然是出在古城隨口講的話上面。因為跟鄰居同學戀愛，在她愛看的少女漫畫中算是絕對吃香的橋段。

唯里一想到原本會住到古城隔壁的也許是自己，心裡實在無法冷靜。

當她獨自沉浸在妄想中時，古城這次改問雪菜了。

「以前的唯里給人什麼樣的感覺？」

「咦？」

話題忽然轉到自己身上，讓唯里大為心慌。畢竟她剛剛才提起舊事將雪菜戲弄了一番。

於是唯里這個一本正經的學妹為了要回答古城的問題，便老老實實地開口說：

「嗯，最初見面時，讓我有印象的是正好在晚上舉行了野外實習——」

「抱歉，雪菜（小雪）。真的求妳別講那件事。」

古城和葛蓮妲看唯里低頭懇求，都笑出了聲音。

或許是持續閒聊帶來的功效，唯里實際感覺到自己消耗的氣力正逐漸恢復。她對「第四真祖」曉古城懷有的緊張感與戒心也不見了。

不過，唯里同時也感覺到一項疑問。

冷靜一想，古城並沒有義務要幫她和葛蓮妲。他來這裡是為了保護妹妹，根本沒有理由要和安座真交手。

可是，為什麼他卻願意為唯里她們付出這麼多——？

唯里想知道理由，同時卻又害怕問他這件事。

唯里明白的只有一點：大概就是因為古城個性如此，雪菜——那個正經八百的姬柊雪菜才會信賴他吧。

甚至讓人擔心是不是信賴過頭了。

「學長，你這樣很沒規矩喔。」

雪菜則瞪了喝湯時稀哩呼嚕地發出聲音的古城，對他叨唸有詞。然而，古城只是一臉事不關己地聳了聳肩。

「因為我右手動不了，也沒辦法吧。」

「真是的，餐具借我……來。」

怒火中燒的雪菜從古城手裡搶走盤子，然後用湯匙把湯舀到他嘴邊。感覺這套動作可以配上「啊～」的音效。古城只是短短地應聲答謝，接著便一派自然地從雪菜的湯匙裡啜飲熱湯。

而且，他還趁空檔吃了一口綠色的麥片棒說：

「這個味道不錯耶。」

「會嗎？可是外表看起來亂詭異的……」

「話是沒錯啦，不過意外好吃。我猜妳會喜歡這種口味，來。」

古城說著把吃過的麥片棒遞到雪菜面前。雪菜像小鳥一樣探出身子，毫不猶豫地啃了麥片棒的前端。

「真的耶，好好吃……」

「對吧。」

古城一邊點頭一邊環顧自己的四周。雪菜看到他那樣，立刻拿起他腳邊的寶特瓶說：

「需要水嗎？給你。」

「嗯，謝啦。」

雪菜十分自然地打開寶特瓶蓋，古城毫無疑問就收了下來。而且古城之所以待在窗邊的寒冷位置一動也不動，都是為了不著痕跡地將柴爐前最舒適的位置讓給雪菜。

唯里面無表情地看了他們倆那種自然到恐怖的互動一陣子。不過，到最後她內心的衝動終究爆發了。

「是夫妻嗎！」

唯里忍不住朝天花板大叫。

「怎、怎麼啦？」

「唯里？」

古城和雪菜一臉訝異地看向唯里，兩個人都一副無法理解唯里忽然講了什麼的表情。他們大概作夢也沒想過自己的行為有問題。

不過，雪菜他們那種恩愛的模樣讓唯里的罪惡感消解了一點點。

雪菜代唯里接下了危險的任務這一點依舊沒變。

可是，她也因此獲得了唯里所沒有的東西——

「對不起，沒什麼事。我只是有點想大叫罷了。」

「是、是喔。」

古城一面露出無法釋懷的表情，一面還是點了頭。

葛蓮妲大概是肚子填飽就想睡了，又縮在棉被上呼呼大睡。

然而，那樣的她卻動了動耳朵，夢囈似的低聲咕噥。

同一時間，唯里也注意到了。擁有詭異魔力的人正在接近這棟山中小屋。當她想將狀況轉達給古城等人知道時，瞬間看見雪菜將手伸向豎放的長槍。

「學長……飛龍來了。」

「被他們發現啦……可惡，動作還真快。」

古城將剩下的麥片棒丟進嘴裡，立刻起身。

仔細一看，古城和雪菜都穿著鞋子。看似放鬆的他們應該對安座真來襲早有防備。

雪菜看唯里急忙想追上來，便冷靜地告訴她：

「葛蓮妲麻煩妳照顧了。如果有個萬一，請妳丟下我們先逃走。」

「雪菜（小雪）……」

唯里目送雪菜離開山中小屋的背影，臉上忍不住露出苦笑。

她不禁在嘴裡重複雪菜說得彷彿理所當然的那句話——

丟下「我們」嗎……

3

銀黑色飛龍在離山中小屋稍遠的地方著陸了。

騎在上頭的只有身穿騎士鎧甲的安座真，看不見另一頭飛龍及銀黑魔法師的身影。

或許是遭受古城眷獸的攻擊所累，飛龍全身嚴重受創，剝落的鱗片底下露出了金屬質地的切斷面。這種飛龍同樣是咎神魔具創造出來的傀儡。

「你是——安座真三佐吧。就你一個人？」

古城詢問縱身躍下飛龍的鎧甲男子。

安座真並沒有拿騎槍，還脫下了身為魔具一部分的騎士頭盔（Knight Helm）。他是個意外年輕，長相讓人聯想到獵犬的男人。

「曉古城……我希望和你稍微談談。」

「和我？」

安座真意想不到的發言讓古城納悶地蹙眉。

嗯——安座真鄭重地點頭。

「在立場上，我對你成為第四真祖的緣由多少了解——那可是連防衛省的幹部都幾乎不曉得的情報。」

「你想講什麼？」

古城板著臉反問。有素昧平生的人表示「我知道你的過去」，心情自然不會愉快。

「你想不想知道我們抓葛蓮妲的理由？簡單說，我想談的就是關於葛蓮妲這名龍族的真面目——」

「……你說吧。」

猶豫過片刻的古城回答。因為那正是古城等人想要的情報。

安座真似乎早料到古城會這樣回答，便面帶微笑地立刻接著說了下去。

「以往被稱為『天部』的古代超人類曾經與名為該隱的異世界之神掀起戰爭，你應該聽過這段神話吧？名為『聖殲』的戰爭。」

「我也聽說過，那並不是被視為史實的學說。」

神話終究是神話吧——古城反問。他並無揶揄對方的意思，而是意外像安座真這樣的男人竟會聽信含糊的情報採取行動。

「但是另一方面，我們所使用的魔導技術大多紮根於『聖殲』的故跡，這亦屬事實。魔法、咒術、鍊金術及魔具——還有那邊的獅子王機關劍巫用的七式突擊降魔機槍，也是以古代寶槍為核心製造而成。包含你自己也是，第四真祖。」

「所以那又怎麼樣？那跟葛蓮妲有什麼關係？」

古城不耐煩似的瞇眼。

「就算『聖殲』確有其事，那不是在幾千年前就結束了嗎？」

「戰爭會重演。哪怕某一方的當事者已經殲滅……『天部』據說滅亡了，但魔法與魔族仍然留在這世上。」

安座真帶著異樣的威嚴，氣力十足地用男中音娓娓道來。

「……魔族？」

「據說，該隱是所有魔族的創造主，而且將魔法與科技賦予人類的也是他。即使說人世法則都受了咎神該隱的遺產支配也不為過。」

「你要那樣相信也是你的自由啦……」

古城語帶嘆息地搖頭。

「就算這樣，事到如今也改變不了什麼吧。還是，你想代替神明改變人世間的法則？」

「哪的話。人當不了神啊。」

安座真自嘲似的微笑。然後，他用挑釁的眼神看向古城。

「但是，人可以讓滅亡的神復甦……更能夠加以操控。」

「操控……神……？」

你的神智清醒嗎——古城朝安座真瞪了回去。然而，咎神騎士只是淺笑著搖頭。

古城曾聽說聖殲派是信奉咎神該隱的恐怖分子異類。

可是，如果安座真的真正目的在於「操控神」，那麼他們行動的意義就全然不同了。聖殲派並不是單純信奉該隱。事實正好相反，他們的行動是為了否認咎神該隱以及咎神所創造的一切。

「沼中巨龍（葛蓮妲）是咎神遺產的守護者——為神明存放『資訊』的容器。她既非魔族也非魔獸，說來只是運作系統的一部分罷了，被設定好只要滿足某個特定條件就會覺醒的系統。」

「特定條件……？」

古城察覺了安座真刻意透露的小小線索，獅子王機關用曉凪沙當祭品的真正理由。獨她擁有的知識——也就是記憶。假如要讓身為「聖殲」遺產的葛蓮妲覺醒，需要同為「聖殲」

的遺產當鑰匙呢？

「原來如此……關鍵是第四真祖的覺醒嗎……！」

為了對古城想出的解答表示認同，安座真長嘆一聲。

「葛蓮妲的威脅度確實不高。即使如此，我們聖殲派無論如何非得將她弄到手不可。獅子王機關則利用這一點，設了陷阱想揪住我們——但即使犧牲大半的同志，能得到葛蓮妲就划算了。」

「……你為什麼要對我說這些？」

著實疑惑的古城問。不管聖殲派目的為何，安座真都沒有理由告訴古城才對。

安座真卻用了異常誠摯的眼神面對古城。

「因為這件事並非與你毫無關係，曉古城。原本身為人類的你應該會懂，魔族具備的能力有多離譜，而且多麼容易讓世界扭曲。只要一個吸血鬼心血來潮就能摧毀大都市——世界的面貌扭曲成這樣，你覺得對嗎？」

「所以你就要消滅魔族……？」

古城露出苦澀的表情。為了消滅所有魔族，就要利用創造魔族的神。安座真的目的扭曲歸扭曲，但確實說得通。

「這只是讓世界恢復原本該有的樣貌，對你而言也會是福音才對。曉古城——我們會讓你從不老不死的詛咒中解脫，並且以人類身分死去。」

安座真語氣嚴肅地說。

與其以怪物的身分獨自活幾千年，不如以人類的身分死去——他要對古城表達的就是這個意思。

以說詞而言很荒謬。

但從另一個角度來看，也是吸引人的提議。

永遠的孤獨，以及看不見未來的不安。一個人要扛起那些，坦白講過於沉重。安座真正想幫古城從那種無窮盡的煩惱中獲得解脫。

所以別來礙事——他要告訴古城的就是這個意思。

「換個方式來想，你的提議還不錯……假如句句屬實的話。」

古城認同了安座真主張裡的正當性。不老不死的吸血鬼之力原本就不是古城自願想要的玩意，拋棄那些並不會讓他覺得排斥，因為「不死」擺明了就是詛咒。

「學長……！」

雪菜聽見古城那段可以當成自暴自棄的嘀咕，頓時表露出憤怒。

古城看到她那種反應，露出了苦笑。畢竟接到任務要抹殺第四真祖而一直監視古城的不是別人，正是雪菜。她對此生氣於理不合。

「第四真祖，把葛蓮妲交出來。我們需要『容器』，好用來對抗人工島管理公社。」

安座真淡然提出要求。古城立刻板起臉孔。

「你說……人工島管理公社？這跟絃神島有什麼關係……！」

隨後，遠雷般的轟鳴聲隆隆傳來。有如著陸前客機的巨大飛行物體正從雲層中降落。

「學長！那是……？」

「什麼玩意？運輸機嗎……？」

漆成灰色的機體酷似軍用運輸機。然而，機體側面設置的眾多砲門絕非普通運輸機會有的武器。

既凶惡又龐大的機體正朝著葛蓮妲等人所在的山中小屋降下高度。

「那是自衛隊特殊攻魔連隊的王牌……AC—2對地攻擊機（Gunship），現在倒成了我們聖殲派的東西。」

安座真並不顯得意地淡淡宣布。

設計成運輸機的機體透過搭載大量的武器彈藥，就成了重武裝及高火力非普通航空機能及的局地制壓型攻擊機。操縱戰機的則是披著銀黑色斗篷的女子。

「難道說，你們用了那架戰機來當傀儡的基體——！」

雪菜察覺到安座真等人的目的，表情為之僵凝。

銀黑魔法師的能力是製造出保留兵器原本效能的傀儡。連用運兵裝甲車當基體的傀儡都具有正常情況下絕不可能成立的牢固程度與攻擊力，既然如此，用對地攻擊機當基體製造的怪物會有多強的火力，根本就無法想像。

而且，他們還能讓古城的眷獸攻擊失效。唯一能對抗魔法無效化障蔽的「雪霞狼」也無法伸及飛在天空的傀儡。

「事情談完了，曉古城。給我留下葛蓮妲，並且離開這裡。」

安座真戴上騎士頭盔。飛龍在他背後張開了巨大的翅膀。

「你說的是有點吸引人，安座真三佐。」

露出獠牙的古城狠惡地笑了。

「可是，我看過你不當一回事地殺害同伴，因為你們聖殲派而受傷的無辜隊員應該也大有人在。我既無法信任你，也不會將葛蓮妲交給你這種人。」

「這樣嗎……我很遺憾，第四真祖。」

安座真再度舉起的騎槍對準了古城的心臟。

接著他開口宣布。聲音首次流露出活生生的情緒——

「既然如此，你就保有墮落的魔族身分死在這裡吧！」

4

子彈伴隨著巨響從黑銀騎士舉起的騎槍迸射而出。那跟傷害葛蓮妲的漆黑球體一樣。

古城不能閃躲那顆球體，閃了會讓球體命中山中小屋，連累待在裡面的唯里等人。因此古城高舉右臂嘶吼：

「——迅即到來，第一眷獸『神羊之金剛(Mesarthim Adamas)』！」

古城忍著右手的劇痛，召喚出輝煌神羊。環繞著眷獸的無數金剛石結晶成了防禦騎士攻擊的護盾。

與漆黑球體衝突的結晶和撞球一樣陸續碰撞在一起，並且改變方向。每顆結晶各自化成了子彈，從所有角度撲向安座真。絕對無謬的神羊亦為報復力驚人的眷獸。

但是，金剛石子彈卻被安座真展開的漆黑極光擋下。

不具任何厚度的黑膜滲透似的侵蝕了空間，逐漸將世界本身改寫。第四真祖眷獸的攻擊無聲無息地被吞入當中而失效。

「又是那片類似黑色布簾的玩意……！」

古城對騎士用來讓眷獸失效的力量感到焦躁，同時也暗自感到放心。

就算安座真以「聖殲」的遺產武裝自己，他仍是一般的人類。假如直接挨中眷獸的攻擊，他幾乎必死無疑。即使對方是殺人犯，也不構成古城可以殺他的理由，哪怕他的目的是殺盡所有魔族也一樣。

「——麻煩學長保護葛蓮妲她們！安座真三佐讓我來對付！」

雪菜手持銀槍，從攻擊有所遲疑的古城旁邊飛身縱起。

古城來不及阻止。雪菜將銀黑騎士所發射的槍彈悉數擊落，隨即拉近敵我之間的距離。

但是——

「妳會礙事，劍巫！」

安座真命令飛龍攻擊。雪菜受到飛來的銀黑色魔獸阻擾，攻擊無法觸及銀黑騎士。身軀龐大的飛龍貼著地表來回亂竄，光是其重量就威脅十足。憑雪菜的「雪霞狼」無法附加物理性質的攻擊效果，防阻不了那種攻擊。

「姬柊——！妳讓開！」

古城為了援護雪菜打算衝向前去，對地攻擊機便在他頭上發出「咆哮」。

盤旋在上空的巨大機影已無航空機的樣貌。龐然身軀遠遠超出龍族化的葛蓮妲及兩頭飛龍，還長著九顆首級的冒牌多頭龍（Hydra）就在那裡。多頭怪物原模原樣繼承了對地攻擊機的火力，聲勢驚人地吐出漆黑火焰。

「那是……黑色的砲彈！」

古城的眷獸張開屏障。然而，硬度無與倫比的金剛石結晶卻在冒牌多頭龍的砲擊面前盡數粉碎。那和安座真的騎槍射擊一樣。冒牌多頭龍的砲彈被賦予了魔力無效化能力。

眷獸屏障被破，漆黑砲彈撲向變得毫無防備的古城。

當古城全身即將被巨大球體吞沒時，有道耀眼的閃光掃過虛空。

「改良型六式降魔劍——啟動！」

唯里手持銀色長劍，在古城的面前著地。她揮劍製造的空間斷層擱下了漆黑砲彈。砲彈的魔力無效化雖能讓模擬空間斷層失效，但砲彈本身也在斷層失效時消滅了。

「唯里……！」

「對不起！可是碰到那樣的對手，我想我躲起來也沒有用——」

「嗯，不會……妳說的對，得救了。葛蓮妲呢？」

「妲～～！」

穿連帽衣的葛蓮妲伴隨著「咚～～」的音效，跳到了四處張望的古城背上。少女身體的輕盈感讓古城露出疑惑臉色。

「呃……我想你後面應該是最安全的……」

目光低垂的唯里如此回答古城。下指示要葛蓮妲黏著古城的似乎就是唯里。不過或許連她都沒想到，葛蓮妲會完全照吩咐跟古城貼在一起。

「那倒沒關係，可是，再這樣下去就糟了——」

古城仰望頭上的多頭龍，心裡感到焦躁。下次再遭受多頭龍砲擊，應該就連唯里也擋不了。要在挨轟以前打倒那個巨大的傀儡才行——

「可惡！迅即到來，『獅子之黃金』、『龍蛇之水銀』！」

古城另外召喚出兩匹眷獸，雷光巨獅和水銀色的雙頭龍。它們殺向飛在半空的多頭龍，想將身軀龐大的敵人從天打落。

站在多頭龍頭上的銀黑魔法師擋下了那波攻擊。她從斗篷的縫隙中展開漆黑極光，罩住多頭龍全身上下。

衝撞的力道撼動了多頭龍。

然而，效果僅只於此。只要魔力被封鎖，就算是第四真祖的眷獸也無法將多頭龍龐大的身軀摧毀殆盡。

話雖如此，古城也不能重施擊落飛龍時的那套手段。他們和多頭龍太近了。在這種狀態下讓眷獸失控，古城等人也不能全身而退，而且這次鐵定會要了安座真他們的命。

「沒用嗎……！」

多頭龍轟然射出火焰。古城的眷獸則各自施展攻擊，將飛來的漆黑砲彈抵消。即使如此，還是有攔不住的砲彈落在古城等人的頭頂——

「——『雪霞狼』！」

雪菜當著古城等人眼前，將那些砲彈掃落了。

「你們沒事吧，學長！唯里！」

「雪菜（小雪）……！」

「姬柊！飛龍呢……？」

雪菜確認吃驚的古城等人沒事，便悄悄指向自己的前方。

原本和雪菜交戰的飛龍被深深扒開一邊翅膀和身軀，正在地上到處掙扎。牠被多頭龍的砲擊波及了。

不對——應該說，是雪菜將飛龍引到了會被多頭龍砲擊波及的位置。雪菜用自己當誘餌，讓敵人自相攻擊。原本能保護飛龍的漆黑極光已經被她用「雪霞狼」斬得四分五裂。

「……獅子王機關的七式突擊降魔機槍……我聽說過那能斬開萬般結界，但居然連異境的侵蝕都能斬斷。棘手的武器。」

安座真用了近似讚賞的語氣嘀咕。

「異境侵蝕……？」

古城在嘴裡重複安座真洩漏的陌生字眼。

「所謂異境，據說就是咎神該隱被放逐而至的異世界。同時，也是在『聖殲』後失去神明統管的虛無世界——」

安座真意外規矩地回答了古城的疑問。

原來如此——古城默默點頭。既然這個世界的魔力是咎神該隱帶來的，那麼該隱力量不及的異境就會是不存在魔力的世界。

讓魔力失效的漆黑極光，其真面目是異境外洩的痕跡。

「所以說，你那身老舊的鎧甲是可以操縱異境侵蝕的魔具嘍？我還以為你的興趣是玩角色扮演。」

「雖然我也不情願穿成這副耍猴戲的模樣——但我還是會欣然接受。畢竟多虧如此，我才得到了能將你們這些魔族一舉掃蕩的力量。」

安座真說著又張開漆黑的披風。

滲出的黑色極光卻沒有罩住整片虛空，只是無聲無息地將安座真腳邊的地面吞沒。

對此感到疑惑的古城腳邊有塊黑影般的痕漬暈開了。那塊痕漬化為無數不具厚度的利刃，從地底將古城刺穿——

「什……麼！」

深深的衝擊與劇痛湧向古城全身。

「學長——！」

「古城！」

雪菜和唯里都愕然地瞠目轉頭。來自地底的攻擊讓人看不見，就連可以洞見未來的她們都無法反應。

「唔……啊……！」

黑色利刃貫穿古城全身，連他的吸血鬼之力都奪走了。古城無法喚出自己的眷獸，靜靜地嘔出鮮血。光是推開揹在身上的葛蓮妲救她一命，已經讓他耗盡心力。

擴散在古城腳底的黑暗直接連空氣都加以侵蝕，並且包裹住他的全身。

「不行，唯里……妳快帶葛蓮妲……逃走……」

古城使了眼色制止唯里趕來。要是隨便碰觸現在的他，連唯里都會被虛無吞沒。

雪菜刺出銀槍，但異境的侵蝕速度更快。古城完全溶入黑暗當中，只留下漆黑的坑窪。

「第一目標排除——沖山一尉，剩下的交給妳。」

「了解。」

銀黑魔法師接到安座真指示，便從多頭龍上面跳了下來。在安座真抓葛蓮妲這段期間，她打算獨自應付雪菜和唯里。

「我來爭取時間！請妳帶葛蓮妲逃走！」

「雪菜……！」

唯里看著雪菜擺出架勢的背影，眼裡浮現出迷惘。

雪菜不可能一個人對付安座真、沖山和多頭龍。打倒飛龍時用的讓對方自相攻擊那一招，恐怕也不會管用。

話雖如此，要是連唯里都在此倒下，就沒有人能保護葛蓮妲了。

怎麼辦才好？在如此煩惱的唯里面前，葛蓮妲採取了意想不到的行動。

「唔————！」

葛蓮妲自己跳進了留在地面的坑窪——也就是將古城吞沒的虛無黑暗當中。在她消失蹤影以後，不停收縮的黑暗也跟著徹底消滅。

「啪」的一聲，只剩葛蓮妲原本穿的連帽衣掉在地上。

「葛……葛蓮妲？」

「什麼……！」

大吃一驚的不只唯里和雪菜，連理應操控著黑暗侵蝕的安座真自己都對意料外的結果目瞪口呆。

「『容器』……居然主動讓異境吞沒了……怎麼可能……！」

安座真茫然自失地驚呼。

憑咎神騎士的力量也無法讓遭受黑暗侵蝕的東西復原——他那絕望得發抖的聲音點出了冷酷的現實。

5

盛夏之城——

那是一座浮在洋上的小島。

被紅如血的海水圍繞著的人工島。

天空像夕陽剛落下一樣紅。以深紅的天空為背景，有高樓大廈的殘骸屹立於此。周圍的建築物被摧毀得不留原形，都已經燒毀倒塌。彷彿巨大災厄剛剛來襲，要不然就是被戰火燒盡一切的景象。

「這裡……是什麼地方？」

古城朝著有種懷念感的那座廢墟望了一圈，然後無助地咕噥。他的聲音裡夾雜著痛苦的呻吟。

被安座真出招貫穿全身的古城讓虛無的黑暗吞沒了。等他回神以後，自己正隻身站在這個世界。

留在全身上下的鮮明傷口證明了那段記憶不是夢。古城身上穿的衣服還有腳邊的地面都被流出的血液沾得濕黏。

古城目前失去了吸血鬼的再生能力，再這樣下去因出血過多而力竭身亡應該也只是時間問題。

然而現在比起自己的生死，這世界的處境更令人擔心。

「難道……這裡是……絃神島嗎！」

遭到摧毀的大樓殘骸酷似絃神島的基石之門，讓發現這一點的古城感到困惑。他不可能認錯那棟外型特徵明顯的建築。

圍繞著人工島的單軌列車高架橋還有周遭的街景都和絃神島十分相像。可是——

「不，不對……」

古城注意到招牌及標誌上的陌生文字，疑惑地搖了搖頭。

這個世界果然不是絃神島，而是和絃神島極為相像的其他土地。

為什麼理應遭異境侵蝕的自己會待在這種地方——古城如此自問。

隨後，他感受到有其他人接近的動靜。

「是誰……？有誰在嗎？」

回頭的古城看見了一個男子佇立在廢墟瓦礫上的身影。

背後的夕陽妨礙到視線，古城看不清楚他的臉。

古城只認得出男子捧在胸前的斷槍——

還有隱約浮現在對方背後的十二片黑色翅膀。

男子似乎在痛哭，也像在歌唱。

「——……——」

不久，他察覺到古城的存在，嘴唇便為了傳達某種訊息而顫抖。

可是，話語還沒發出聲音，男子的身影就逐漸淡去消失了。

同時間，古城所站的廢墟之島也化為細細的光點，悄悄地開始消滅。

猶如記憶隨著漫長的時間褪色消失——

「這是……所謂的殘留意念？」

古城環顧被黑暗吞沒而逐漸消失的景象，心裡感到驚慌。

因為古城腳下的人工大地還有他本身的肉體都緩緩地開始消滅了。

所有東西都散發出淡淡光芒，逐漸融入虛無，並且消失。

「唔……糟糕……」

古城一邊承受異境的猛烈侵蝕一邊咬牙切齒。

我會在這種地方消失嗎——如此的悔恨與憤怒在他心裡擴散。

可是，現在的古城無法與其對抗，縱使吸血鬼之力還留著也一樣。只有「雪霞狼」的神格振動波才能對抗異境的侵蝕。

只有手持銀槍的雪菜才有能力——

「什……」

當古城在腦海裡想起「雪霞狼」和雪菜的身影時，右臂瞬間冒出劇痛。

彷彿手背裡裝了看不見的回路，在通電後帶來的衝擊。

隨後，異境對古城肉體的侵蝕便停止了。

古城周圍被光亮透明像泡泡一樣的膜包裹著。是那層膜保護他不受漆黑的虛無影響。

「結界？這道光……跟『雪霞狼』一樣……」

他發現了攔阻異境侵蝕的光膜真面目，嘴裡茫然地嘀咕。

拯救古城脫離消滅危機的，肯定是神格振動波的結界。他記得自己目睹過雪菜用了好幾次和這類似的招式。

可是，雪菜不在這裡，卻有如此強大的神格振動波埋藏於古城的右手——可以想見的理由只有一種。

「『寂靜破除者』嗎……那傢伙在當時就……！」

刻在古城右手的奇妙傷痕消失了，右臂理應喪失的感覺也已經恢復。閑古詠在最後與古城衝突的那一瞬間，在他的手上刻下了結界的術式。

她發覺自己無法阻止古城離開絃神島，才加了這道保險。

為預防古城碰上能操控異境侵蝕的敵人，她偷偷幫古城準備了預防消滅的底牌。連古城自己都沒發現。

妃崎霧葉則早就看穿古城右手所刻的術式。然而，封印的用途並不是只限於防止往外逃逸。有時候，封印也會用來保護位於內側的東西。閑古詠為古城刻下的封印便屬於後者。

現在回想起來，古城右手的傷並不是因為召喚眷獸才會痛。

古城的傷勢發作一律是在敵人動用咎神魔具之後。因為他的傷對異境侵蝕起了反應。

話雖如此——古城發出嘆息。

多虧「寂靜破除者」的術式，古城才免於當場消滅，但這不代表他已經回到了原本的世界。神格振動波的結界應該也無法一直維持才對。

找不到脫離異境的手段，自我消滅終究是時間早晚的問題。

該怎麼辦才好？當古城捧頭苦惱時——

長著鐵灰色鬃毛的巨龍在他頭上現身了。

「妲～～……古城……！」

龍族的咆哮撼動了結界內的空氣。

巨龍游過虛無的黑暗，直直地朝著古城過來。

在古城開始害怕自己會不會被那樣的龐然巨物壓扁時，龍就變成了少女的模樣。

連神格振動波的泡膜都能穿過的葛蓮妲貼到了古城背後。

「葛、葛蓮妲？妳怎麼來到這裡的……？」

古城目瞪口呆地望向無邪笑著的赤裸少女的臉龐。

葛蓮妲則摸了古城滿是血跡的身體問：

「會痛嗎？古城，會痛嗎？」

「既然妳知道會痛，就別摸了……」

傷口被隨手亂摸的古城繃著一張臉，有氣無力地低聲回答。

古城當然不曉得葛蓮妲為什麼會現身於此。他也擔心留在原本世界的雪菜等人。不管怎樣，有葛蓮妲出現在這裡，古城就不能坐以待斃。無論用上任何手段，他都必須把葛蓮妲帶回原本的世界。

「真受不了，怎麼連妳都跑來這裡了？」

「把古城，帶回去。唯里，會高興。」

鐵灰色頭髮的少女毫不猶豫地回答。這樣啊——古城吐了口氣。葛蓮妲闖進這個虛無世界的理由，似乎只是想讓唯里高興。

「要怎麼做才能逃離這裡？葛蓮妲，妳曉得嗎？」

古城輕輕抱起葛蓮妲，並且語氣認真地問。

畢竟對方光溜溜的，身體分開會有許多問題。再說，古城也想避免和葛蓮妲放開手走散的狀況。結果他就和葛蓮妲貼到一塊了。

古城望向葛蓮妲那宛如黑膽石的美麗眼睛。

「我知道……我曉得……葛蓮妲……是『資訊』的容器……要送給巫女……」

「……巫女？」

古城困惑地聽著葛蓮妲支離破碎的話語。她的無邪表情中失去了人類般的溫暖，被帶有某種無機質的美所取代。

幽幽的光輝包裹住葛蓮妲四周，使她的輪廓變得模糊。

「帶古城，回去……大家，會高興……」

被藍色光芒包裹的葛蓮妲在古城眼前變了模樣。

古城對龍族化心生戒懼，但出現的卻是意想不到的少女臉孔。

銀髮藍眼；讓人聯想到聖女的溫婉姿色——叶瀨夏音。

「叶瀨……妳怎麼……？」

當著驚訝的古城面前，葛蓮妲又被光芒所包裹。接著出現的是仙都木優麻的中性姿色，然後則是拉・芙莉亞的高貴面容，接下來又浮現煌坂紗矢華的優美身影。

於是古城總算發現了。葛蓮妲會知道她們長相的理由——

「妳……在追溯我的記憶嗎……？」

葛蓮妲映出的都是過去曾被古城吸過血的少女。

她正在追溯古城身為吸血鬼刻劃於血液中的記憶。

中間間隔藍髮的人工生命體（Homunculus）少女，葛蓮妲在最後變成了一名少女的模樣。

姬柊雪菜。葛蓮妲變成了古城第一次主動吸血的對象，那個身材嬌小的劍巫——

「……請學長……請學長吸我的血。」

變成雪菜模樣的葛蓮妲一邊說，一邊撥起頸根上的頭髮。

和雪菜在古城記憶中的聲音、姿態一模一樣。

「透過吸血，學長帶來的血之記憶……位於我體內的『資訊』就會賦予學長力量，與異境對抗的力量——」

葛蓮妲——雪菜悄悄地將古城的手牽到自己胸口。

牽到在微微隆起的胸部底下跳動著的心臟上面。

「欸……妳……！」

以往從未摸過的滑嫩肌膚和柔軟彈力將古城的意識染成一片白。

視野變窄，犬齒蠢蠢欲動，喉嚨湧上強烈的渴求。

「不要緊，請你觸摸——感受我體內的『資訊』……」

葛蓮妲用雪菜的聲音訴說。古城則照著吩咐摟住她的身體。

吐息、脈搏、體溫、觸感、醉人香味與存在感。

安座真說過，她是容器。葛蓮妲是「資訊」的容器。

那麼，將「資訊」灌輸給她的是什麼人——古城對此感到疑問。

葛蓮妲的脣裡流露出歌聲。在薄暮時抱著斷槍痛哭的少年所唱的歌——

「這樣啊……葛蓮妲，妳是……」

眼睛染成深紅的古城低聲說道。葛蓮妲已經變回她自己，而不是雪菜的模樣。不過，古城仍順從自己的吸血衝動，將獠牙扎入她的細細頸根。

雖然這樣有愧於雪菜，即使如此，古城現在非得帶這個少女回去。

他們要活著回到原本的世界。

「啊……」

少女在古城懷裡顫抖，柔弱地發出吐息。

於是——

6

多頭龍的砲擊掀起了大地。雪菜和唯里驚險躲過那波攻擊。

有銀黑色騎士鎧甲護體的安座真再次在地面展開漆黑極光。

他大概是想將一度關上的異境通道重新開啟，而且或許也期待葛蓮妲能獨力回來。

在這種情況下，雪菜等人的存在會礙事。

因此銀黑魔法師——沖山觀影身為安座真的輔佐，正打算除掉雪菜和唯里。

「雪菜（小雪），趁我引開那個大塊頭的空檔——」

「好的！」

雪菜讓唯里對付多頭龍，自己則對降落到地面的銀黑魔法師下手。靠她的「雪霞狼」終究無法打倒罩著裝甲的多頭龍才對。

但只要打倒沖山觀影，罩著多頭龍的虛無薄膜也會消失。那樣一來，唯里應該就能幫忙摧毀多頭龍。

「──！」

雪菜的長槍將魔法師的斗篷劈開。可是，沖山觀影身上環繞的漆黑極光並沒有消滅。何止如此，她還自己脫下斗篷，好用來遮蓋雪菜的視野。

沖山觀影跟著又舉起了法杖，從斗篷所造成的死角朝雪菜重重揮下，用她那銀黑發亮的法杖──

雪菜驚險地擋住那一擊，無法盡卸的衝擊將她大幅震退。沖山觀影望著架勢仍在的雪菜，佩服似的露出微笑。

表情從容得讓人惱火。

「那就是妳的魔具嗎？沖山一尉──」

雪菜瞪著沖山觀影的法杖提問。

安座真穿在身上的騎士鎧甲本身就是操縱異境侵蝕的咎神魔具，因此雪菜才以為她的斗篷也有魔具的功能。

可是，她錯了。魔法師風格的斗篷只是障眼法。

由於雪菜發現得晚，第一擊才會完全被對方防範。明明打倒沖山觀影拖得越晚，唯里的處境就越是危險。

「嗯，是啊。另一名劍巫……記得妳是叫姬柊雪菜，對吧？」

沖山觀影將法杖在手裡轉了一圈，然後瞪向雪菜。

「請放心。這魔具只是複製品，仿造安座真三佐那把騎槍製造的冒牌貨，力量並不足以自由操控異境侵蝕。頂多只能創造出傀儡，或者用虛無薄紗罩住自己。不過——」

在沖山觀影如此宣告的下個瞬間，身影便在雪菜的視野中朦朧了。

速度驚人的跳躍，以及突刺。即使靠雪菜的反應，也只能讓攻擊的軌道稍微偏離。裝在法杖前端的刺刀掠過了雪菜的肩膀。

「刺槍術——？」

「妳以為打肉搏戰就能贏我？我可是特殊攻魔連隊的成員喔。」

沖山觀影接連不斷的連續攻擊立刻就讓雪菜陷入了困境。

強得超乎想像。要比單純的格鬥技術，沖山觀影遠勝於雪菜。

沖山觀影的法杖攻擊範圍遜於雪菜的槍，但是靈活性硬是高出一截。沖山觀影為了充分運用那樣的優勢，便向雪菜挑起貼身搏鬥。體格和力氣都輸她的雪菜抓不到時機反攻。

「哪怕妳的槍對付魔族號稱無敵，對於身為人類的我而言，不過是落伍的近距離兵器罷了！而且妳們劍巫洞穿未來的能力也已經被異境侵蝕顛覆，對我不管用！」

「唔……！」

遭到沖山觀影撞飛的雪菜被逼退一大段距離。可是，那對雪菜來說也是機會。她總算得到了舉槍重整體勢的空間。

雪菜在著地的同時調整紊亂的呼吸，並且抬頭。於是，她看見沖山觀影自己縱身後退了。為什麼──趁著雪菜感到混亂的一瞬間空檔，沖山對傀儡下令：

「AC─2，開火！」

「糟糕──！」

多頭龍的九個首級一起朝剛著地的雪菜噴出火焰。

「雪菜（小雪），快趴下！」

唯里衝到了僵住不動的雪菜面前。她揮下銀色長劍，張開模擬空間斷層作為障蔽。但是，那道絕對障蔽卻被多頭龍的第一擊輕易打破。

在咒力再次填滿以前，改良型六式降魔劍都不能用。多頭龍彷彿在嘲笑心慌的唯里，又準備發動砲擊。

閃不掉──

雪菜和唯里同時理解到這一點，微微地喘了口氣。

隨後，多頭龍被火焰籠罩。

傀儡的龐大身軀受到戰車砲直擊，彈著點的衝擊使其嚴重失去平衡。

「唔──！」

顯露動搖的並非雪菜她們，而是沖山觀影。

漆成深紅色的超小型有腳戰車從茂密針葉樹林裡現身了。其主砲瞄準射中了沖山觀影的傀儡。

「砲彈有效，『戰車手』！再一發！」

髮型亮麗的少女從艙口露臉，一手還拿著望遠鏡大叫。

『強化火力值得了是也！』

有腳戰車的駕駛員在自動填彈後又發射下一砲。同時，戰車背後的飛彈發射槽也放出了大量反戰車飛彈。

多頭龍的龐大身軀正一邊灑落大量金屬片，一邊瓦解崩壞。

沖山觀影那把銀黑色法杖是可以將現代兵器轉換成魔獸的魔具。儘管魔獸會直接繼承兵器的火力，但是其防禦力並不會勝過做為基體的兵器。以運輸機為基礎設計出的對地攻擊機，強度並不足以承受戰車砲。

深紅小巧的有腳戰車正單方面地蹂躪著巨大傀儡。等戰車發射完所有砲彈，多頭龍已經成了瀕死的廢鐵。

「藍羽學姊——！」

愣著站了一會的雪菜朝戰車上的少女大喊。

紅色有腳戰車則停到雪菜她們旁邊。

「姬柊，抱歉來晚了。古城人呢——？」

「他——」

雪菜欲言又止地看向銀黑騎士。

安座真對遭到摧毀的傀儡瞧都不瞧一眼，只望著在地表展開的虛無薄膜。

「被異境侵蝕吞沒了嗎？」

坐在戰車上的異國少年看見那幅景象似乎就領會一切了，他愉快地從喉嚨發出格格笑聲。非比尋常的濃密魔力正從他全身湧現。

「易卜利斯貝爾．亞吉茲……還有該隱的巫女嗎？挑在這時候……」

安座真拔出騎槍，並且瞪向少年。

唯里聽到易卜利斯貝爾．亞吉茲這個名字，大吃一驚地抬頭看了少年。

另一方面，雪菜眼裡則浮現單純的困惑。「破滅王朝」的凶暴王子易卜利斯貝爾．亞吉茲，其惡名雪菜當然也有耳聞。他可是不遜於那個迪米特列．瓦特拉的超危險人物。窮凶惡極的吸血鬼王子會在什麼原委下跟藍羽淺蔥一同行動——雪菜想也想不透。

「沖山一尉。」

「是，三佐。戰車由我來收拾——」

安座真和沖山觀影各自舉起魔具了。

雪菜和唯里也擺出應戰架勢。縱使安座真失去多頭龍，也還剩下異境侵蝕這一招。就算有易卜利斯貝爾助陣，對付他也不能掉以輕心。

可是，易卜利斯貝爾卻臉色和順，與殺氣騰騰的雪菜等人呈對比。

吸血鬼王子望著留在地面上的虛無，並且露齒一笑。

「別急，咎神的奴才——你的對手不是我。至少，現在不是。」

「什麼……？」

安座真隱藏在騎士鎧甲下的表情冒出了驚愕得扭曲的動靜。理應脫離他掌控的異境侵蝕並沒有消滅，反而緩緩地膨脹起來。

彷彿有人正打算撬開裡面那道看不見的門——

從黑暗中噴湧出來的魔力絕非來自葛蓮妲。那是更加狂暴凶猛，來自世界最強吸血鬼的魔力。

「怎麼會！魔族……區區魔族竟能自力打破異境的境界嗎！」

安座真的話裡帶著明顯的慌亂音調。對信奉咎神該隱的他來說，異境非得是不存在任何異能之力的世界。照理說，絕不可能有魔族可以從那裡回來，哪怕是第四真祖也不例外。

「你在驚訝什麼？早就有人成功從異境歸來才對吧。在遙遠的過去中，僅有一人。」

易卜利斯貝爾嚴肅地告訴動搖的安座真，彷彿在嘲笑他。

安座真全身戰慄地僵住了。

「難道那傢伙吞了咎神的記憶——！不可能，怎麼會有那——」

安座真沙啞的聲音尚未響起，黑暗就碎裂了。

緊緊抱在一起的一對男女隨著驚人的魔力洪流出現。臉上表情有些慵懶的少年，以及披著寬鬆制服外套的嬌小少女。

「學長！葛蓮妲！」

「古、古城？」

「葛蓮妲！古城——！」

雪菜、淺蔥與唯里各自開口驚呼。緊接著——

「第四真祖——！」

身穿銀黑色鎧甲的咎神騎士大吼。

7

「唯里～～————！」

「葛、葛蓮姐？」

鐵灰色頭髮的少女猛然撲了過來，唯里連忙伸手把她接住。

少女——葛蓮姐的苗條大腿從寬寬鬆鬆的外套下襬露了出來。被那雙腿吸住目光的淺蔥板著一張臉。

「那、那是誰啊！為什麼？她怎麼會跟古城一起……！」

『哦～～真不賴的美腿是也。眼福眼福。』

淺蔥焦慮得不得了，麗迪安則發表出悠哉的感想。

古城遠遠望著那些少女，並且疲倦地發出嘆息。幸好唯里等人平安，不過狀況似乎變得麻煩了。

「為什麼，第四真祖？……為什麼『咎神』的容器會選擇你……！」

銀黑騎士瞪著若無其事站在大地上的古城，憤恨似的怒吼。

「我聽不懂你在說什麼，安座真三佐。」

古城故意摺話觸怒對方神經。對標榜自以為是的正義，又讓葛蓮姐等人遭受危險的安座真，古城已經生氣了。

「救了我的是葛蓮姐。被你當道具的她本著自己的想法借給我力量。殺害自己同伴都不

當一回事的你不會懂吧？」

「你這連心都淪為魔族的叛徒在鬼扯什麼——」

安座真藐視地瞪了古城。

「閉嘴，大叔。」

安座真那些咒罵的話被古城隨口打斷。

古城同情似的望向氣得說不出話的咎神騎士，冷冷地向他斷言：

「確實如你所說，也許這個世界是扭曲的。不過，假如你那導正世界的理想是正確的，你又為什麼會變成恐怖分子？別戴著面具隱藏真面目，用和平的手段來改變世界啊！就像吸血鬼真祖們以聖域條約的形式實現的一樣！」

「你這傢伙……」

安座真的臉孔染上了隔著騎士頭盔也能清楚看出的激動情緒。

哼哼——旁觀的易卜利斯貝爾痛快似的笑了。

古城無意間講出來的話挖出了安座真心中最脆弱的部分；挖出了他自己裝成沒發現，而且一直視若無睹的真相。

「現在的你辦不到那些，比魔族還不如。跟種族或能力無關，你就是輸給了魔族的正義。扭曲的不是世界，而是不敢正視真相的你才對吧！」

古城朝沉默的安座真跨出腳步。

旨在讓人類與魔族共存而締結的「聖域條約」——貢獻力量使其實現的，是來自吸血鬼真祖們的強大後援。當聖殲派主張只有消滅所有魔族才能導正世界時，靠手段達成和平的並非別人，正是魔族的盟主們。

在那個時間點，聖殲派就失去了談論正義的資格。

正因為如此，他們才會被視為恐怖分子以及罪犯。

「來吧，大叔。假如你還要打著正義的名號搶葛蓮妲，我會阻止你！接下來，是屬於第四真祖的戰爭！」

「曉……古城——！」

情緒畢露的安座真嘶聲大吼。

從騎士鎧甲釋放出的異境侵蝕再次伸向地底。

然而，在那化為利刃準備貫穿古城的瞬間，銀色閃光便攔截了虛無的薄膜。

雪菜的長槍環繞著青白色光芒，扎在古城腳邊的地面。

「不，學長，是『我們的』戰爭才對——！」

雪菜斬斷異境的侵蝕，並且在古城身旁著地。

咎神騎士來自地底的攻擊頗具威脅，但只要有所提防，想看穿對方行動並不難。當安座真一度展現出底牌，他的奇襲招術就失去了效果。

「抱歉，姬柊。讓妳久等了。」

古城主動向八成在為他擔心的雪菜謝罪。

然而，雪菜拋來了超出古城預計的冷冷目光。

「——你吸了葛蓮妲的血對不對，學長？」

雪菜的語氣沒了抑揚頓挫，讓古城嚇得聲音變調。

葛蓮妲身上應該沒有留下可以認出的痕跡才對，雪菜卻似乎早早就發現了。

「不、不是的。啊，不對，妳沒說錯，可是精確來說，我吸血的對象雖然是葛蓮妲，可是那也不能算是葛蓮妲。」

雪菜毫無反應地聽著古城詞不達意的供述。

接著，她站到古城旁邊，槍花一轉。

「這樣啊。那麼，之後我再慢慢聽你說——」

古城聽著雪菜靜靜宣布的結論，略感絕望地想：還是不能當成沒發生過啊。

在這段期間，手握法杖的沖山觀影已經趕到安座真身邊。

「安座真三佐——」

「剩下的拜託妳了，沖山一尉。」

安座真制止打算建議撤退的沖山觀影，用騎槍指向自己的胸膛，將槍尖對準心臟捅入。

騎槍輕易地貫穿了安座真的胸膛。沒有出血，也沒有痛苦呻吟。只不過，銀黑色的騎士鎧甲正逐漸化為光點，然後被騎槍吸收。

「糟糕……！」

察覺安座真目的何在的古城臉色發青。咎神騎士擁有兩項魔具，一為操控異境侵蝕的騎士鎧甲，至於另一項，就是那把騎槍——

能奪取兵器的「資訊」並與自身融合的魔具。

「那傢伙想把自己的魔具餵給另一個魔具……！」

「咦！」

雪菜驚訝得瞪大眼睛。古城的預測得到了佐證，安座真的騎槍在吞下騎士鎧甲後逐漸改變模樣。如今兩種魔具已完全融合，並且改變成新的人型魔具。而且，它還吞下了原本穿著騎士鎧甲的安座真的肉身。

「怎麼會……那樣做以後，與魔具融合的自我意志只剩消滅一途——」

雪菜握緊銀槍說道。古城在聽見這些話的同時，人已經蹬地衝了上去。

「——姬柊，我們要阻止他！」

「好的！」

原本被稱為安座真的鎧甲怪物似乎嫌「資訊」不足，又將手伸向多頭龍遭到摧毀後的殘骸。騎槍型魔具也可以從毀損的兵器吸取「資訊」。實際上，安座真就是用那種方式奪取了上柳二尉的「資訊」。

然而，多頭龍的資訊在管控上對失去持有者的單一魔具來說太過龐大。安座真的意志在增殖的龐大資訊中遭到稀釋，想來已無保留統一的人格。

假如安座真還可能得救，唯有在他完全融合完畢以前，就將擔任融合要角的騎槍摧毀才行。可是——

「休想！」

沖山觀影的刺刀當著手持銀槍的雪菜眼前捅了過來。

身為安座真的部下，沖山打算憨直地執行他最後的命令。

「唔！」

雪菜勉強躲開了沖山觀影鬼氣逼人的持續猛攻。

如今安座真已完全融合完畢，理應遭到摧毀的多頭龍殘骸正再生成新的魔獸——凶猛的鱷龜與巨蛇融合而成的異形怪物。它長著酷似騎士鎧甲的甲殼，樣貌與傳說中的魔獸「玄武」十分相像。

要對付全長超過三十公尺的怪物，憑雪菜之力已經不敵。

「沒用的，劍巫——妳的靈視能力防不了我的攻擊。即使單純比實戰經驗，妳也不如我。妳並沒有勝算。」

體力占優勢的沖山觀影放話要雪菜屈服。

雪菜承認確實如她所說。在一對一的戰鬥中，雪菜恐怕絕對贏不過她。但是，雪菜現在並非孤軍奮鬥。

「喝啊啊啊啊啊啊啊——！」

沖山觀影挾著裂帛般的氣勢刺出法杖。杖尖的刺刀深深貫入了因疲倦而動作遲緩的雪菜咽喉——

在沖山如此以為的瞬間，雪菜的身影像蜃景一樣搖晃了。

殘像。不，是幻術。

「怎麼可能……獅子王機關的劍巫用了幻術……？」

雪菜的戰術出乎意料，讓沖山觀影的連續攻勢中斷了。

沖山觀影會心慌是合理的。劍巫的專才在於直接對付魔族，並不擅長使用任何咒術，這是常識。實際上，雪菜目前所用的幻術仍未高於初階境界。

可是，在肉搏戰打到一半，能讓對手稍微誤判彼此間距就足夠了。

幾天前跟南宮那月戰鬥，讓雪菜深痛體認到這一點。

戰鬥——

不，雪菜在心中搖頭。

那不能稱為戰鬥。

現在回想起來，那等於是那月在指點她。

為了讓離開絃神島的雪菜等人能平安回來——那月才會送上那份餞別禮。

「黑雷——！」

雪菜帶著眾多殘像躍起。敏捷度遠遠超出人類極限。

銀槍鋒芒直指沖山觀影手裡的魔具。

「體能強化咒？不過——！」

沖山觀影面對雪菜迅如閃光的攻勢還是能應付。彷彿可看穿雪菜每一招的她探出刺刀反擊。假如雪菜只懂得針對她的魔具，勝負大概就因此底定了。

但雪菜並沒有祭出槍招。她只用沒拿武器的左手順勢推送，累聚的咒力朝著亂了陣腳的沖山觀影一舉釋出。

「火雷——！」

「唔……！」

渾厚的咒力有如透明重鎚，直搗出招落空而毫無防備的沖山觀影。霎時間，中招的沖山觀影無法呼吸，渾身動彈不得。

獅子王機關的正宗劍巫要是輕易敗陣，可就不光彩了——

雪菜腦裡浮現了妃崎霧葉扮黑臉時的台詞。

施展咒術進行奇襲是霧葉的招式，用於混淆魔獸的耳目。原本這屬於太史局六刃神官所用的戰術，不過獅子王機關的劍巫與其系出同流，只要經過簡單的練習就可以運用上手。

緊接著——

「撼響吧。」

雪菜最後用了貼身狀態下的打擊招式，她最得意的劍巫基本功。原本這是用來破壞魔族內臟的狠招，但因為要徒手貼身施展，便於手下留情也是其優點。

沖山觀影難以置信地盯著雪菜的臉，就那樣緩緩倒下了。

離開她手中的魔具則被雪菜用「雪霞狼」輕易摧毀。

沖山觀影恐怕到最後還是不明白自己敗陣的原因。

單以實戰經驗而言，她遠勝雪菜。不過，可提之處僅此而已。

雪菜從一開始就不是孤軍奮鬥。培育她的獅子王機關還有在絃神島認識的眾多人們都提供了支持她的力量。那是沖山觀影在背叛組織與同伴、變成恐怖分子後喪失的力量。

看過聖殲派所用的魔具就會了解，他們只會奪取別人的「資訊」，用完即丟。

從沖山觀影將同夥以外全視為敵人的那一刻，她的實戰經驗就成了消耗品。她自己捨棄了成長的機會。那就是沖山觀影的敗因。

而且，在雪菜的身邊——還有另一個得到許多人用心意支持的少年在。

「第四真祖——！」

巨獸玄武用安座真的聲音咆哮。

從怪物下巴吐出的火網比之前對地攻擊機齊射時更猛烈。除了被瞄準的古城，連待在附近的雪菜、沖山觀影還有葛蓮妲等人都會受到波及。

但是，那波不分敵我的砲擊被地面湧現的琥珀色之壁擋下了。

「什麼！」

玄武口中冒出地鳴般的驚呼。

將他和古城隔開的是滾沸的灼熱熔岩壁。熔岩散發的高溫令空氣扭曲，其龐大質量造成壓迫感，逼退玄武的龐然身軀。

「我對你感到同情。」

古城在搖曳的蜃景中靜靜宣告，眼裡燃燒著紅紅怒火。

「為了目的不惜付出犧牲，連同伴的命都可以不當一回事地捨棄——原來在那些犧牲當中，也包含你自己的命嗎！未免太扭曲了吧！」

「住口——」

玄武再度發動砲轟。而且，全身遭熔岩火蝕的他朝古城衝了過來。

「我絕不會讓你死。我要讓你好好反省，自己究竟是在哪裡誤入歧途——！迅即到來，第二眷獸『牛頭王之琥珀（Cor Tauri Succinum）』！」

古城全身噴湧的魔力讓新眷獸具現成型了。

現身的乃是具備熔岩之軀的牛頭巨神（Minotaur），從大地無窮湧上的熔岩即為其真身。綻放琥珀色光輝的全身高度超過十公尺，手裡還握有比身軀更巨碩的厚實戰斧。

為了防禦那道灼熱的戰斧，玄武放出虛無極光。可改寫空間的異境侵蝕——縱使牛頭神具備的高溫與巨大質量有多麼傲人，只要那是來自於魔力，就無法打破異境的障蔽。

可是，古城等人已經知道了。異境侵蝕只能讓咎神該隱支配的魔法定律失效，面對單純的物理攻擊便無用武之地——

玄武腳邊的地面散發出灼熱光芒。

吸血鬼會從墳場挖出受詛咒的土壤，將那鋪滿在棺木中安眠——他們這種魔族與「大地」的淵源之深，足以讓那樣的迷信傳開。而且，象徵吸血鬼的物體另有一項。

從地底噴發的熔岩椿突破異境侵蝕，貫穿了玄武巨大的身軀——

「這是……熔岩形成的尖樁……？」

銀黑色的玄武巨軀顫抖了。以對地攻擊機殘骸與魔具構築的肉體被高溫熔化滴落，表面逐漸變成生銹發紅的鐵塊。

「這股力量……第四真祖，你果然……」

在玄武遭摧毀的頭部浮現了被藍色光點籠罩的人型身影。

被騎槍貫穿胸膛的騎士鎧甲——咎神魔具打算切割已經損毀的「資訊」，好讓本尊獨自逃脫。至於安座真的肉身，當然還留在騎士鎧甲內才對。

「——狻猊之神子暨高神劍巫於此祀求。」

雪菜用玄武碎散的甲殼當落腳處，跳過了滾沸的熔岩。銀槍灌入咒力以後，綻放出耀眼的神格振動波光芒。如今魔具外露，「雪霞狼」的鋒刃就可以伸及。

「破魔的曙光、雪霞的神狼，速以鋼之神威助吾伐滅惡神百鬼！」

魔具為了自保而展開異境侵蝕。

但是，雪菜的銀槍撥雲破霧似的將那道結界斬開，貫穿了銀黑色魔具。

「咎神之鎧……竟……！」

魔力被剝奪的「聖殲」遺產幾乎不堪一擊，滿身是血的安座真在鎧甲碎散後現出身影。和雪菜輪替的古城則站到他的面前。

「——結束了，大叔！」

古城一拳打穿了安座真因驚愕與憎恨而扭曲的臉。

安座真的身體無聲無息地飛上半空，然後摔在地面不再有動靜。

確認過這一點的古城深深吐氣。

沒有成就感，也沒有事情結束的實際感。畢竟，古城和雪菜自始至終都待在遠離風波核心的地方，這算理所當然。他們只是覺得非阻止安座真不可，然後便設法辦到了。現在就連那是不是正確的選擇都還不能確定。

不過，回過頭的古城等人眼裡看見了露出安心表情的唯里，以及葛蓮妲向她撒嬌的無邪笑容。

唉，所以這樣也好吧——古城心想。

當古城說服自己時，有人愉快地在他的制服口袋裡格格笑了出來。

終章
Outro

儘管還在元旦假期中，羽田機場的航廈卻人潮擁擠。似乎是因為丹澤上空發生了不明風暴，導致航班亂掉了。

在返鄉及觀光旅客來去匆匆的登機口旁邊，煌坂紗矢華正抱著小小的布偶。這名少女將色素偏淡的長髮綁成了馬尾，穿著一身制服。

苗條修長的身材與裝鍵盤的黑色樂器盒十分相襯。

紗矢華有副默默站著就能吸引任何人轉頭的姣好容貌，但目前周圍的人都快步走過迴避她。因為紗矢華豎著柳眉，拚命地在跟布偶講話。

「結、結束了……？」

紗矢華愕然地盯著手裡的布偶雙眼嘀咕。

那在旁人眼裡看起來像貓布偶，實際上，以材質而言確實如此，不過那隻貓是貨真價實的式神。操縱它的是緣堂緣，相當於紗矢華師父的高超魔法師。

紗矢華千里迢迢奉師父交代，剛來到羽田這裡——

「請問這是什麼意思，師尊大人？獅子王機關三聖不是下了敕命嗎——？事情已經結束，不必去了是什麼意思！禁足剛結束的我拋開好不容易才排到的假跑來這裡了耶！我人都到機場這裡了耶！」

紗矢華一邊大呼小叫一邊抓著布偶猛晃，縫在貓脖子上的小小鈴鐺正發出清脆叮鈴聲。

可是布偶沒有回話。對方解除對式神的操控，單方面中斷通話了。

「──欸，師尊大人？等一下，請妳不要說完就跑，師尊大人！」

紗矢華一邊跺腳一邊大叫：那個臭女人。

這樣的她突然被人從背後拍了肩膀。

「喂～搞怪行為該收斂了喔。畢竟妳本來就夠醒目的了……」

「唔，有、有男生？」

有個留刺蝟頭、脖子上掛了耳機的高中男生站在回頭的紗矢華眼前。紗矢華幾乎是出於本能地用手肘頂向對方面門。不過，他只是稍稍往後彎腰就閃掉了攻擊。

紗矢華不禁冒火，打算將手伸向懷裡的咒符，但這時她總算才發現少年的臉亂眼熟。

「你是……曉古城的朋友……」

「我叫矢瀨基樹。妳差不多該記個名字了吧，煌坂。」

被矢瀨用裝熟的口氣一說，紗矢華真的很想動手宰人。

即使如此，她還是板著臉用盡可能冷靜的聲音開口：

「……『魔族特區』的居民來這種地方有什麼事？你看起來可不像觀光客喔。」

「大概和妳一樣啦。」

矢瀨苦笑著聳了聳肩。

「和我從小認識的悍丫頭跑出絃神島了。我是想跟過去看看狀況，不過派對在我趕到以前就結束了。」

「什麼啊？所以你是在當跟蹤狂？好噁……！」

「我不想被妳這種用偷拍照片當待機桌布的女生嫌耶……」

矢瀨邊說邊亮了獅子王機關發給紗矢華的手機。那是前陣子因為禁足被沒收，直到最近才剛拿回來的。

顯示在鎖定畫面上的是姬柊雪菜上學時的照片。在雪菜旁邊，還拍到了曉古城稍微被截掉的身影。

「欸……我、我的手機！為什麼你會……」

不知道東西何時被拿走的紗矢華心慌意亂地把手伸向背後的樂器盒。

盒子裡裝的是靠攻魔師權限才獲准帶上飛機的銀色長劍，獅子王機關製作的試作型制壓兵器「煌華麟」。

「我、我劈了你！」

「慢著慢著！還妳！東西還妳！」

矢瀨一邊留意旁邊路人的眼光，一邊慌慌張張地將手機交過來。

紗矢華則滿臉通紅地收下手機說：

「我、我先說清楚，這張待機桌布的主角是雪菜，我對背景拍到的路人根本沒興趣！我寧可把那當成污點！」

「是是是。」

彷彿看穿一切的矢瀨用讓人不爽的表情隨意點頭。

紗矢華淚眼汪汪地瞪著他說：

「既然沒事要辦了，看你要回絃神島還是下地獄，都快點去啦！」

「我也巴不得回去啊，可是我看到了有點介意的畫面——要是妳在這裡大吵大鬧，讓那些人起戒心就麻煩了。拜託妳安靜點。」

真的拜託——矢瀨瞇著眼說。他會過來搭話，理由似乎是不想讓紗矢華隨便招人注意。

那表示在這附近，有人會因為被獅子王機關的舞威媛發現而困擾。

「你說的那些人……是指他們？」

紗矢華順著矢瀨的視線看向停在機場裝卸停機坪（Loading Apron）的航空機。貨機機型的小型噴射客機。

重新裝載的貨物好像正在進行檢查，機體周圍聚集著疑似技術人員的人物。

哎呀——紗矢華在檢察官當中發現認識的面孔，眨了眨眼睛。

「曉古城的媽媽……？」

「什麼嘛，原來妳們認識啊？」

矢瀨看似有些意外地問。紗矢華默默點頭。

一臉愛睏地穿著皺巴巴白衣的女性，曉深森。紗矢華曾在多國籍魔導企業ＭＡＲ公司的會客室遇到她。深森的職位和散漫不可靠的娃娃臉呈對比，她其實是ＭＡＲ醫療部門的研究主任。

「那架飛機是ＭＡＲ包下的貨機。」

矢瀨將手湊在自己耳朵旁嘀咕。

「貨艙內的東西號稱是從北海道運來的，不過來源在更北邊。」

「更北邊……欸，難道你是指莫斯科皇國？那裡應該是未加盟聖域條約的國家……」

紗矢華的臉色變得嚴肅。莫斯科皇國位於歐亞大陸北部，是擁有廣大領土和豐富地下資源的大國，但與日本幾乎毫無交流。因為未加盟「聖域條約」的他們是國際性經濟制裁的對象國。

「所以他們才會在這裡卸下貨櫃吧。只要以人道支援的形式處理，就算對方是經濟制裁對象國還是可以轉介難症病患，再說羽田這裡的檢疫程序比『魔族特區』鬆。」

「……難症病患？」

矢瀨格外具體的發言內容，讓感覺當中有鬼的紗矢華凝神細看。

「那幾乎和走私沒兩樣了嘛……像ＭＡＲ這麼大的企業到底為什麼要鋌而走險……」

貨櫃的門在貨物搬入機艙前一刻被打開，裡面的東西短瞬間見了光。

那被裝在有如冰棺的藍色玻璃容器。

是個沉睡不醒的美麗少女。

「女孩……子？」

紗矢華困惑地蹙眉。

保護著少女的容器上只簡短地寫著一個單字表示其身分。

——「巫女（Sibyl）」。

†

獅子王機關準備的直升機是在接近日落才來接古城等人。

曾添增困擾的他們已經安排好會將古城和雪菜直接送回絃神島以表示歉意，由「魔族特區」偷渡至日本本土一事好像也趁機含混帶過了。從古城他們的立場來說當然不會有怨言。

唯一稱得上問題的環節在於，凪沙不知為何也一道坐在這班接送的直升機。

「欸，你聽我說嘛，古城哥。奶奶明明一直被白奈說要住院檢查，卻根本都不聽。還叫我們別把她當老人家——！牙城爸爸也是，一聽到會被送到深森媽媽那邊的醫院，就開始大吵大鬧叫大家住手，說他會被害死。我猜絕對是因為他之前喝醉回家那筆帳的關係。」

睽違十天見到面的妹妹似乎想發洩這段時間的憤懣，自顧自地一直對古城他們滔滔不絕。到凪沙講累為止，古城等人只能愣愣地聽她講了約兩個小時。

雖然那比跟安座真戰鬥更累，不過光是能實際感受到凪沙平安，大概也是好事。順帶一提，凪沙似乎沒有在神社澡堂昏倒之後的記憶，對於魔獸出現也一無所知。

古城會在本土的理由，也被解釋成對妹妹擔心到坐立不安就過來迎接了。雖然凪沙不太能釋懷，但是跟牙城因為對神社的巫女性騷擾就被緋沙乃用薙刀捅傷的誇張說詞相比，應該算像樣許多了。

「妳要不要一起搭便機？」

哄凪沙入睡的古城在清閒下來後，指著待命中的運輸直升機問了淺蔥一聲。由於要檢驗事發現場，直升機似乎還需要一些時間才能出發。

「我要在都內逛街買東西，過兩三天再回去。畢竟我是透過正規離島手續來的，如果不搭正常的航班回絃神島，之後會很麻煩。」

淺蔥立刻用手機開始搜尋名牌店鋪。好不容易來本土一趟，她似乎打算到處買衣服、包包、化妝品。

「『戰車手』，妳有什麼規畫？這輛戰車受損得好嚴重耶……」

「在下要等蒂諦葉重工的回收機是也。這次收集數據十分有意義。」

紅髮少女跨在有腳戰車上，並且露出充滿成就感的燦爛表情回答淺蔥。

「哎，妳滿意就好……易卜利斯呢？咦，易卜利斯……？」

這麼說的淺蔥一臉納悶地環顧四周。

理應和她們在一起的異國少年不知不覺地消失了。結果，古城還是沒有跟他好好打個照面。不過也無妨吧——古城一面想，一面又問：

「對了，妳怎麼會在這種冷得要命的地方穿泳裝？」

「咦！」

淺蔥似乎是聽古城提醒才想起來，整張臉頓時染上羞恥之色。

她穿著會讓身材曲線鮮明浮現的競賽泳裝風駕駛裝，胸口還設計周到地貼了名條。

「這、這有許多因素……欸，你要用下流眼神看到什麼時候！」

「我沒有！是妳自己要穿成那樣出來走動的吧！」

「唔哇——！」

淺蔥發出奇妙尖叫聲以後，就用左手朝古城臉上揮了一記短上勾拳。出乎意料的奇襲讓古城翻了跟斗倒在地上。淺蔥則趁著空檔躲進有腳戰車裡頭。

搞什麼啊——古城一邊擦掉噴出的鼻血，一邊撐起上半身。

有一條摺得整整齊齊的手帕被遞到那樣的他面前。

古城訝異地抬頭以後，就看見雪菜微笑的身影。

亂有殺氣的人工性質微笑。

「說到下流——學長，你吸了葛蓮妲的血對不對？」

雪菜粗魯地擦了古城沾著血的嘴角。

古城立刻警覺隨便敷衍會有反效果，拚命裝冷靜說：

「有、有啦。為了從異境境界還什麼來著的地方回來，迫不得已嘛。再說葛蓮妲那時候化身成妳的樣子……」

「化身成我……意思是她變身了？」

雪菜疑惑地微微偏頭，然後在古城旁邊坐了下來。

嗯——古城含糊地點頭答話。

「哎，感覺是那樣。我想她從我體內讀取了血之記憶，才會重現出妳的模樣。」

「血之記憶……原來如此……」

雪菜一邊用指頭摸著嘴脣，一邊低聲嘀咕。

接著，她似乎是想起了重要的事情，便瞇著大大的眼睛問：

「可是，葛蓮妲那時候不是赤裸裸的嗎……？」

「啊，沒有，那樣說也對啦，因為她龍族化了啊。就算赤裸裸的，終究還是龍族——」

古城拚命主張。葛蓮妲起初現身時恰好就是龍族的模樣，因此他並不算完全在扯謊。

然而，雪菜毫無溫度的眼睛映著古城動搖的臉問：

「那麼葛蓮妲化身成我，表示……學長，難不成你都看見了？」

「咦？」

一瞬間，古城不明白雪菜在說什麼，目光變得猶疑閃爍。

雪菜則當著這樣的他眼前，一舉把臉貼近。

「你都看見了嗎？我的裸體？」

「啊……那、那個……怎麼說呢……」

正確來講古城不只是看見，還摸過了，但他當然不可能說得出口。

在古城回答不出的這段空檔，雪菜開始散發冷冷的殺氣了。

「你看了嗎？」

「呃，可是她的內在是葛蓮妲……」

「你看了嗎？」

「…………」

「學長？」

古城被雪菜用寒鋒般的視線瞪著，全身僵硬得冷汗直流。

饒了我吧——他無心的嘀咕溶在冬天寒空中，漸漸地消逝而去。

†

「——唯里！」

從運輸直升機下來的斐川志緒看到好友身影，發出了開朗的聲音。

這是在遠離人煙的丹澤山中。聖殲派的安座真三佐和第四真祖發生衝突，導致原本景色優美的山脊被刻下了火山噴發般的巨大爆炸痕跡。

羽波唯里就站在殘留於爆發點附近的山中小屋前。

「志緒！太好了，妳沒事——！」

「嗯，妳也一樣。」

兩人牽起彼此的手，帶著笑容喜迎重逢。雖然互相都一副飽經折磨的模樣，還是勉強活下來了。想到之前有「破滅王朝」的王子和第四真祖等怪物圍在身邊，能活著真的像奇蹟一樣幸運。就算當下忘掉自己是獅子王機關的攻魔師，像普通少女一樣欣喜也不至於遭天譴。

「唯里～～！」

鐵灰色頭髮的少女大概是看了志緒她們鬧哄哄的，也有樣學樣地往唯里和志緒身上抱。雖然多少讓人有些驚訝，奇妙的是卻不會造成反感。或許是因為她的表情像年幼嬰兒般純真無邪的關係。

「欸，葛蓮妲！鞋子！把鞋子穿好！」

唯里像監護者一樣地照顧鐵灰色頭髮的少女。

被稱呼為葛蓮妲的少女當場乖乖坐下，開始跟靴子的鞋帶搏鬥。唯里則手法生疏地幫忙她。莫名溫馨的光景。

「這個女生是龍族？」

「嗯，大概。」

「這樣喔。請多指教，葛蓮妲。我是斐川志緒。」

志緒蹲到她的旁邊這麼一說，鐵灰色頭髮的少女便露出親切的笑容，唱歌似的回了一聲：「志緒～～」

唯里一邊微笑一邊看著志緒她們的互動。可是志緒立刻就發現唯里不時會瞄向背後。

有一對穿同樣顏色制服的男女待在唯里視線前方。

分別是捧著銀槍的嬌小少女，和露出慵懶表情的少年。

「欸，唯里。那該不會是姫柊雪菜吧？」

志緒隨口問了唯里。

「是、是啊。」

唯里頓時肩膀發抖，點了點頭。

呼嗯──志緒觀察起唯里留意的那兩個人。

姫柊雪菜和少年彼此把頭湊在一起，似乎爭執著什麼。雖然明顯有緊張的氣氛，流動於兩人之間的氣息卻格外安穩。感覺像在看一對不顧旁人目光的瞎情侶打情罵俏。

「我總覺得，那個女生是不是變可愛了？呃，雖然她本來就長得很漂亮。」

志緒看著一臉生氣的雪菜，不知不覺地這麼嘀咕出來。她也不曉得自己為什麼會出現這樣的想法。

不過唯里大概也有同感，就用了正經臉孔表示同意。

「嗯……或許是呢。」

「所以說……那就是第四真祖，曉古城……」

「……嗯。意外地帥氣喔。果然讓人有一點嫉妒吧……」

由於唯里自言自語似的這麼嘀咕，這次志緒真的被嚇到了。

「呼嗯～～哎，再過個二十年左右，他確實會變成好男人的樣子。」

志緒遠遠望著曉古城的臉龐，直接講出了她無心間的想法。

於是，這會兒換成唯里「咦」地露出驚嚇的表情了。

「志緒，難道妳……」

唯里吃驚地睜大眼睛，聲音顫抖。

此時志緒終於領悟自己失言了。彷彿曉古城老了二十歲的人物——她對那種中年男子的具體範例心裡有數。

但不是那樣的——志緒搖頭。像那種壞心沒規矩的性騷擾中年人，她才不會覺得帥氣。志緒作夢也不會那樣想才對。

「咦？啊……不、不是的。剛才那句話不算，真的不是妳想的那樣……！」

妳誤會了——志緒尖叫的聲音迴盪在傍晚的天空。

和紘神島一樣的銀月正靜靜從天上俯視著她們。

後記

我試著將出書步調稍微加快了一點，一點點（臉上洋洋得意）。好久不見，《噬血狂襲》第十二集已向各位奉上。

除了過去篇的一部分以外，《噬血狂襲》的故事幾乎只會在絃神島內上演，但這次舞台終於換成日本本土了，而且季節在寒冬。湖水會結凍，也有雪花飄舞。雖然女生的裸露率（男生中也有一名）感覺還是滿高的，不過這也有這的好，就像冬天在溫暖房間裡吃冰特別享受。總之，不炎熱的《噬血狂襲》世界對我個人而言有新鮮之處。

另外，提到新鮮，這次故事裡有很多新角色。尤其是唯里和志緒這對新人二人組，因為她們不同於以往的獅子王機關相關人員，觀點貼近於一般人，下筆時很是愉快。儘管當事人本身沒有（對周圍造成困擾的）自覺，然而雪菜與紗矢華在她們的世代中還是擁有其傑出優異的才華，私以為這部分的情節是不是終於有所著墨了呢？唯里和志緒這對搭檔，我想以後還是會有零星的活躍機會，希望各位多多指教。

那麼，下一集預定會讓舞台再度回到絃神島。幾張主要面孔已經齊聚，該是採取大動作迎接高潮的時期才對，也希望可以再加快一點點出書的步調。我也慢慢在構想一些不同於本篇的新戲碼，若各位願意期待就太令人高興了。

此外，在《月刊comic電擊大王》上也有連載漫畫版《噬血狂襲》。負責改編漫畫的TATE老師，我一直很感謝您。隨著連載次數累積，戰鬥場面的魄力和角色們的魅力都在提升，每期都讓我受到感動。我想讀過原作的讀者們肯定也會覺得有趣，熱切希望各位也能支持漫畫版的《噬血狂襲》。

負責插畫的マニャ子老師，這次真的也受您照顧了。工作檔期緊迫，登場人物們還不顧前後地拚命換衣服，新角色又人數眾多，能請到您在這種嚴苛條件下完成魅力十足的作品，我實在感激不已。這次雪菜的腿，我是指封面，也畫得好棒！

此外我也要向所有製作、發行本書的相關人士致上由衷謝意。

當然，對於讀完本書的各位讀者，我也要致上最高的感謝。

那麼，希望我們能在下一集再見。

三雲岳斗

國家圖書館出版品預行編目(CIP)資料

噬血狂襲 12 咎神騎士 / 三雲岳斗作；鄭人彥譯
-- 初版 -- 臺北市：臺灣角川, 2015.09
面；　公分. -- (Kadokawa fantastic novels)
譯自：ストライク・ザ・ブラッド 12 咎神の騎士
ISBN 978-986-366-697-4(平裝)

861.57　　104014713

Kadokawa
Fantastic
Novels

噬血狂襲 12
咎神騎士

（原著名：ストライク・ザ・ブラッド 12 咎神の騎士）

2015年9月16日 初版第1刷發行
2021年6月24日 初版第2刷發行

作者：三雲岳斗
插畫：マニャ子
日版設計：渡邊宏一
譯者：鄭人彥

發行人：岩崎剛人
總編輯：蔡佩芬
編輯：孫千棻
美術設計：黃永漢
印務：李明修（主任）、張加恩（主任）、張凱棋

發行所：台灣角川股份有限公司
地址：105台北市光復北路11巷44號5樓
電話：（02）2747-2433
傳真：（02）2747-2558
網址：http://www.kadokawa.com.tw
劃撥帳戶：台灣角川股份有限公司
劃撥帳號：19487412
法律顧問：有澤法律事務所
製版：巨茂科技印刷有限公司
ISBN：978-986-366-697-4